Alfred Börckel

Gutenberg: Sein Leben, sein Werk, sein Ruhm

Alfred Börckel

Gutenberg: Sein Leben, sein Werk, sein Ruhm

ISBN/EAN: 9783743619944

Hergestellt in Europa, USA, Kanada, Australien, Japan

Cover: Foto ©Raphael Reischuk / pixelio.de

Manufactured and distributed by brebook publishing software
(www.brebook.com)

Alfred Börckel

Gutenberg: Sein Leben, sein Werk, sein Ruhm

Gutenberg.

Sein Leben, sein Werk, sein Ruhm.

Zur Erinnerung

an die

500jährige Geburt des Erfinders der Buchdruckerkunst

für weitere Kreise dargestellt

von

ALFRED BÖRCKEL,

Bibliothekar an der Mainzer Stadtbibliothek.

Mit 34 Abbildungen.

GIESSEN
Verlag von Emil Roth
1897.

INHALT.

Vorwort.

Gutenbergs Leben.. Seite

Gutenbergs Werk.

Gutenbergs Ruhm.

Verzeichnis der Abbildungen.

VORWORT.

GUTENBERGS Geburt, die zeitlich nicht bekannt ist, fällt nach der Ansicht neuerer Forscher in das letzte Jahrzehnt des 14. Jahrhunderts.

Somit wäre jetzt der Zeitpunkt eingetreten oder nahegerückt, an welchem vor einem halben Jahrtausend der unsterbliche Erfinder der Buchdruckerkunst seine irdische Laufbahn begonnen hat, und die Bedeutung dieses weltgeschichtlichen Ereignisses für die ganze Kulturmenschheit rechtfertigt wohl auch das Erscheinen der vorliegenden Schrift. Dieselbe ist für weitere Kreise des gebildeten Volkes nach dem Stande der heutigen Wissenschaft bearbeitet, und zu Grunde gelegt sind ihr aus der Fachliteratur u. a. namentlich A. von der Linde's ausführliche ›Geschichte der Erfindung der Buchdruckerkunst‹ Berlin 1886, sowie die kritischen Untersuchungen auf diesem Gebiete, welche die Herren Ober-Bibliothekar Professor Dr. Dziatzko-Göttingen, Archivrat Dr. Wyss-Darmstadt und Bibliothekar Dr. Karl Schorbach-Strassburg, während der letztverflossenen Jahre in der ›Sammlung bibliothekswissenschaftlicher Arbeiten‹, im ›Centralblatt für Bibliothekswesen‹ und in der ›Zeitschrift für die Geschichte des Oberrheins‹ (Band 46) veröffentlicht haben.

MAINZ, im Herbst 1896.

Alfred Börckel.

Gutenbergs Leben.

I.

Einleitung. Gutenbergs Abkunft und Familie. Aufenthalt und Thätigkeit in Strassburg 1434—1445: Die Geschäftsgenossen. Der Prozess mit den Erben Dritzehn. Gutenbergs Vermögenslage. Die Armagnaken im Elsass. Gutenbergs Wohnung, Verkehr und bürgerliches Verhältnis bis zum Verlassen der Stadt.

>·Gott sprach zum zweiten Mal: ·Es werde Licht auf Erden!,·
>Da liess er Gutenberg zum Typen-Schöpfer werden.·
>W. T. Krug im ·Album deutscher Schriftsteller· Leipzig 1840.

AN der Spitze aller Kulturerrungenschaften des Mittelalters steht, als die in ihren Folgen segensreichste That, die Erfindung der Buchdruckerkunst durch Johann Gutenberg.

Ein zweiter Kolumbus, hat er dem menschlichen Wissen eine neue Welt eröffnet, ein anderer Winkelried, der freien Forschung eine Gasse gebrochen. Gefesselt lagen die Schätze des Geistes hinter engen Klostermauern, dem Schriftgelehrten nur erreichbar und verständlich, da sprengte Gutenberg die Fessel und es ward Licht. Aus der Zelle des Mönches, aus der Studierstube des Gelehrten, drang nun das Wort, durch den Druck beflügelt und vertausendfacht, über den ganzen Erdkreis, trug

das gehäufte Gold fruchtbringender Gedanken bis in die ent-
legenste Hütte und liess es zum Gemeingut Aller werden. Un-
ermesslich sind darum heute die Räume, welche Gutenbergs Erfindung dem Blick des Forschers erschlossen, und keine Sprache
ist reich genug, ihren Segen zu schildern. Aber wie bei so
manchem Wohlthäter der Menschheit, ist auch bei dem grössten
Lichtverbreiter aller Zeiten und Völker der eigene Lebensgang
noch vielfach umstritten und verhüllt, ja fast scheint es, als habe
seine Kunst, je glänzender sie hervorgetreten ist, um so tiefer
ihren Urheber in den Schatten gerückt.

Woher dieses Dunkel bei dieser Weltleuchte? - warum
dieser Schleier vor dem Bilde des Mannes, der mit seinen
»Bleisoldaten« alle Kulturlande erobert, und von dem nicht einmal bekannt ist, wann er geboren wurde und starb?! — Als
Antwort darauf gibt es nur Vermutungen, keine Gewissheit.
Viel Wahrscheinlichkeit besitzt die Annahme, Gutenberg habe
absichtlich seine persönlichen Verhältnisse verborgen gehalten
und selbst auf seinen Druckwerken sich nicht genannt, weil ihm,
in seiner fortwährenden Notlage, Verrat seines Kunst-Geheim-
nisses und sogar Pfändung seines Besitztums drohten. Weniger
leuchtet die Behauptung ein, Gutenbergs Patrizierstolz habe ihn
abgehalten, sich öffentlich zur Ausübung eines Gewerbes zu bekennen, denn dieses Gewerbe wurde noch während des Erfinders
Leben als »heilige Kunst« gepriesen, und von angesehenen Stan-
desgenossen des Meisters, wie Fust, Mentelin und Bechtermünze,
mit hohen Ehren ausgeübt.

Dass Gutenbergs Gehilfen von ihm schwiegen, erklärt sich
aus egoistischen Gründen, - sie wurden fast alle reich, indess
der Erfinder verarmte   mit politischen und literarischen Kreisen
aber, aus welchen sonst wohl mehr über den erleuchteten
»Schwarzkünstler« bekannt geworden wäre, brachte ihn seine

rastlose Thätigkeit auf mechanischem Gebiete kaum in Berührung. Eine erschöpfende Gutenberg-Biographie ist darum unmöglich, doch enthält der folgende Abschnitt, gestützt auf das Urkundenmaterial und die Ergebnisse der wissenschaftlichen Untersuchung, was bis jetzt von Gutenbergs Person und Leben als feststehend, oder wenigstens als wahrscheinlich angenommen wird.

Väterliches Stammhaus Gutenbergs.

Gutenberg entstammte dem Patriziergeschlechte der Gensfleisch, einem der angesehensten im geistlichen Kurstaate Mainz, das seinen Namen von einem ihm gehörenden Hofe in der Stadt führte. Der ›Hof z. Gensfleisch‹, das väterliche Stammhaus Gutenbergs, ist jedoch schon 1430 in anderen Besitz übergegangen, an seiner Stelle wurde später der ›Wambolder Hof‹ errichtet, ein Gebäude, das in seiner jetzigen Gestalt erst seit 1702 steht, und zwar in der Emmeranstrasse (im Mittelalter Marktgasse).

Das Geschlecht der Gensfleisch, welches bis mindestens zum Jahre 1294 sich zurückverfolgen lässt, stand während der fast endlosen Streitigkeiten zwischen den Patriziern und Zünften, wie zwischen den Erzbischöfen und der Stadt, wiederholt an

der Spitze der Geschlechter. So wurde bereits Anfangs 1332 ein Ritter Friele zu dem Gensefleisch zugleich mit vielen Genossen vom Kaiser Ludwig mit dem Bann und hoher Geldstrafe belegt, weil er an der Zerstörung kirchlicher Gebäude beteiligt war. Trotzdem erscheint er noch vor Ende desselben Jahres mit seinen Söhnen wieder als Haupt des Stadt-Adels in einem Streite mit der Bürgerschaft. Sein Sohn Henne (= Johann) war vermutlich Grossvater des Friele oder Frielo, und letzterer ist der Vater Gutenbergs. Der Vater Friele Gensfleisch bekleidete nach dem Mainzer Einnahmen - und Ausgaben - Buch vom Jahre 1410 das Ehrenamt eines städt. Rechenmeisters und starb vor 1430. Die Mutter Gutenbergs hiess Elsa und war

Mütterliches Stammhaus Gutenbergs.

eine Tochter des Werner Wyrich zum Gutenberg in Mainz. Der »Hof zum Gutenberg« lag an der Christophskirche, gehörte schon im Jahre 1391 zur Hälfte der Familie »zum Jungen«, und war Judenerbe, also eines der vom Magistrat konfiszierten Häuser vertriebener Juden, bis sich Adolf von Nassau dasselbe mit anderen Häusern der Stadt 1462 zueignete. Im Jahre 1633 fiel das Haus der Zerstörung durch die Schweden anheim und wurde niedergerissen. Da kein Eigentümer zum Wiederaufbau sich meldete, überwies Kurfürst Johann Philipp von Schönborn die Ruinen seinem Kanzler Mehl unter der Bedingung, das Haus wieder herstellen zu lassen. Der Neubau wurde 1661 vollendet, fünf Jahre später kam das Haus an die Universität, die es zu Hörsälen der juristischen Fakultät und zur Aufstellung der Bibliothek benutzte, darauf erwarb es ein kurfürstlicher Kammerdiener, Schröder, und liess es zu einem Kaffeehaus umwandlen. Seit 1808 besass das Gebäude die Mainzer Kasino-Gesellschaft ›Hof zum Gutenberg‹, bis es 1894 abbrannte. Jetzt stehen Privathäuser an seiner Stelle. Ob Gutenbergs Wiege nun in diesem Stammhaus seiner Mutter, oder im ›Hof zum Gensfleisch‹, dem Vaterhause, stand, ist unbekannt. Unmöglich wäre die erstere Annahme nicht, weil es häufig zu jener Zeit vorkam, dass der Mann nach seiner Verheiratung in's Elternhaus der Frau überzog, und da Gutenbergs Mutter einzige Tochter und Erbin war. Ein älterer Bruder, wie der Vater Friele genannt, lebte mit Else, einer Tochter des Jakob Hirtz, verheiratet, zu Eltville, wo die Familie ebenfalls begütert war, und starb vor 1449. Ein Stiefonkel Gutenbergs ist urkundlich in dem weltlichen Mainzer Richter Johann Leheimer nachgewiesen, dessen Mutter als Witwe die Gattin des Werner Wyrich wurde. Der Taufname des Erfinders, Johann, lautete in Koseform entweder Henne, Hennle oder Henchln (= der junge Johann), zu welchem er, neben dem Familiennamen Gensfleisch, den Beinamen ›zum Gutenberg‹ von seiner Mutter übernahm, ein übrigens häufiger Brauch im Mittelalter. Demnach heisst der Erfinder der Typographie mit seinem vollen Namen: Johannes Gensfleisch der junge, genannt zum Gutenberg.

Wie schon bemerkt, lässt sich Gutenbergs Geburtsjahr nicht feststellen, doch gilt als wahrscheinlich, dass es in das letzte Jahrzehnt des 14. Jahrhunderts fällt, da die Eheberedung der Eltern des Erfinders im Jahre 1386 stattgefunden hat, und er vermutlich das dritte Kind war.

Von Gutenbergs Vater, der 1430 sicher bereits tot war, fehlt etwa seit 1414 jede Nachricht, so dass bei ihm auf einen Ortswechsel geschlossen und vermutet wird, er sei infolge der Bürgerfehde von 1420, gleich anderen hervorragenden Patriziern, zur Auswanderung genötigt worden.

Schon im Jahre 1411 hatten nämlich die Zünfte wieder einen Aufruhr gegen die Patrizier erregt, von denen 112 Personen auswanderten, darunter mehrere aus der Familie zum Jungen, sowie Henne Gensfleisch mit seinen Söhnen Peter, Georg und Jakob, die sich später den Namen ›von Sorgenloch‹ beilegten. Neun Jahre darauf, 1420, entstand ein noch heftigerer Streit über den Vorrang beim Einholen des Erzbischofs Konrad III., denn während die Zünftigen dem Kirchenfürsten in gesonderten Haufen entgegenritten, kamen ihnen die Patrizier zuvor. So konnte der plebejische Bürgermeister den Ankömmling nicht rechtzeitig im Namen des Volkes begrüssen, und dieses stürmte nun die Häuser der Patrizier und legte letzteren schwere Friedensbedingungen auf. Da zog es ein grosser Teil der Letzteren vor, auszuwandern, und die bedeutendsten Familien, die Fürstenberg, Gensfleisch, Gelthus, Malsberg, Humbrecht, und Zum Jungen, verliessen die Stadt.

Gutenbergs Vater begab sich vermutlich nach Strassburg und nahm seinen jüngeren Sohn Johannes mit dahin, während der ältere Sohn Friele anscheinend bei der Mutter in Mainz, oder bei Verwandten im nahen Rheinstädtchen Eltville, zurückblieb. Für die Abwesenheit des Vaters spricht auch, dass die Mutter 1425 ein Haus mit Garten in Mainz verkaufte, ohne dass sie als Witwe bezeichnet, aber auch ohne dass ihres Mannes gedacht wird, der also damals wohl noch in der Verbannung lebte.

Erst nach 10 Jahren kam zwischen den Zünftigen und den zurückgebliebenen Patriziern unter Vermittlung der Städte Frankfurt, Worms und Speier, wie des Erzbischofs Konrad, ein Vergleich zu Stande, welchen Letzterer am 28. März 1430 bestätigte. In diesem Sühnevertrag, in welchem auch die freie Rückkehr mehrerer vertriebener Patrizier ausbedungen war, ist ein Georg Gensfleisch von der Versöhnung ausgeschlossen, ›Henchin zu Gudenberg‹ dagegen wird als ›ytzund nit inlendig‹ zurückgerufen. Sein Vater wird unter den Zurückgerufenen nicht genannt, er war vermutlich kurz vorher gestorben, worauf auch einige Rentenumschreibungen der Witwe und Söhne in den Jahren 1430 – 34 schliessen lassen, sowie seine Erwähnung noch in einer Strassburger Urkunde von 1429, worin er der Stadt den Empfang von 26 Gulden bescheinigt.

Um diese Zeit also, oder anfangs 1430, verlor Gutenberg seinen Vater. Vor dieser Zeit, die der Erfinder grösstenteils ausserhalb Mainz zugebracht haben muss, fehlt jede Spur von ihm; weder von seiner Kindheit und Jugend, die unter stürmischen Ereignissen verfloss, noch von seinem Bildungsgang und seinen Zukunftsplänen ist irgendwo die Rede. Dass er als Sprosse der Gensfleisch eine gute Erziehung genoss und wahrscheinlich von einem Hausgeistlichen (sogenannten Kinderpfaffen), wie damals bei Patriziern üblich, unterrichtet wurde, darf angenommen werden, denn die Gensfleisch mit den Nebenlinien ›zur Lade‹ und ›zum Sorgenloch‹ standen damals in höchster Blüte. Sie gaben der Stadt Bürgermeister und sonstige Beamte und besassen nicht nur in Mainz eine ganze Reihe von Häusern und Höfen, sondern waren auch in der Umgegend, zu Eltville, Bodenheim und Hechtsheim, begütert. Erst im 15. Jahrhundert begann ihr Wohlstand zu sinken und sie verarmten gleich ihrem glänzendsten Vertreter. Von grösster Wichtigkeit

wäre es, aus Gutenbergs Vorleben Anhaltspunkte für seine
spätere Erfindung zu gewinnen. Hat er, der Junker aus ahnen-
reichem Patrizirgeschlecht sich frühe schon für mechanische
Künste interessiert und sich darin geübt? Geschah es aus Nei-
gung, oder nur zufällig, oder in bestimmter Absicht? Hat ihn
die Not der Verbannung dazu gezwungen und liess ihn dabei
ein Glücksfall das Wesen seiner neuen Kunst entdecken, oder
erreichte sein grübelnder Geist erst allmählich das vorgesteckte
Ziel, für das er seine Kraft, seine Ruhe und sein Vermögen
hingab? — Alle diese Fragen harren noch einer befriedigenden
Antwort. Jedenfalls blieb Gutenbergs spätere Beschäftigung mit
den der Buchdruckerkunst verwandten Gewerben, sowie der
hierdurch veranlasste Verkehr mit tüchtigen Technikern, nicht
ohne Einfluss auf seine endliche Erfindung, und jedenfalls besass er schon vorher ganz bedeutende technische Kenntnisse
und Fertigkeiten, um dann als Lehrmeister in Strassburg auf-
treten zu können. Dabei war die Zeit den Fortschritten auf
industriellem Gebiete besonders günstig, und, als Nachwirkung
der Kreuzzüge, der Handel zwischen West-Europa und dem
Orient lebhaft entwickelt, wodurch auch Gewerbe und Kunst
profitierten. Namentlich die reichen Städte Köln, Mainz, Strassburg, Basel, Ulm, Augsburg und Nürnberg entwickelten so eine
rege Kunstindustrie. Auch die der Buchdruckerkunst verwandten Gewerbe der Brief- und Kartenmalerei, des Holz-
und Metallschnittes, des Tafeldruckes von Bild und Wort, des
Metallgusses, der Stempelschneidekunst und des Münzens, hatten
gegen Ende des 14. oder in den ersten Dezennien des 15. Jahrhunderts teils begonnen, teils einen neuen Aufschwung genommen.

Da ferner die alten Geschlechter von Mainz, zu denen
Gutenbergs Familie zählte, Münzrechte besassen und übten,

war dem Erfinder schon in der ersten Jugend daheim der Ein-
blick in die seiner Erfindung technisch so nahe Kunst des
Münzens ermöglicht.

Die erste Periode im Leben Gutenbergs, über welche
bestimmte Nachrichten erhalten sind, ist die seines Strassburger
Aufenthaltes. Obgleich er schon 1430 die Erlaubnis besass,
nach seiner Vaterstadt zurückzukehren, blieb Gutenberg doch
weiter in Strassburg, wo er urkundlich am 14. März 1434 zuerst auf der Bildfläche erscheint, und zwar gleich mit seiner
ganzen Energie und gleich in einer Streitsache. Die Stadt Mainz
hatte ihm — und wohl bereits auch seinem Vater seit der
Verbannung eine gewisse Summe fälliger Renten vorent-
halten, und da Gutenberg auf gütlichem Wege nicht zu seinem
Gelde kam, versuchte er Gewalt. Er liess den zufällig in
Strassburg sich aufhaltenden Mainzer Stadtschreiber Nikolaus
von Werstadt (Wörrstadt) festnehmen und in Schuldhaft setzen
als Geissel für die Zahlung der rückständigen Rentenschuld
von 310 Gulden. Erst nachdem Meister und Rat von Strassburg sich eingemischt und der Stadtschreiber eidlich gelobt
hatte, jene 310 Gulden bis zum nächsten Pfingstfest bei Gutenbergs Verwandten in Oppenheim zu hinterlegen, gab er letzteren frei. Der von Gutenberg darüber ausgestellte »Brief«
lautet nach von der Linde:

›Ich, Johann Gensfleisch der junge, genannt Gutenberg,
bekunde mit diesem Brief: Also der ehrsame weise Bürgermeister und Rath der Stadt Mainz mir jährlich etliche Zinsen
zu geben verbunden sind, nach Inhalt der Briefe, — die u. a.
enthalten: wäre es, dass sie mir meine Zinsen nicht richtig
bezahlten, dass ich sie dann angreifen und pfänden darf; —
und da mir nun viele fällige (›vergessene‹) Zinsen der Stadt
Mainz ausstehen, habe ich meiner Notdurft halber Herrn

Nikolaus, Stadtschreiber zu Mainz, angegriffen, und hat er mir gelobt und geschworen, meinem Vetter Ort Gelthuss zu Oppenheim in dem Hof zum Lamparten vor den nächsten Pfingsten dreihundert und zehn gute rheinische Gulden auszuhändigen.

Und bekenne ich mit diesem Brief, dass Meister und Rat der Stadt Strassburg mir zugeredet haben, dass ich ihnen zu Ehren und zu Liebe denselben Herrn Nikolaus, den Stadtschreiber, von dieser Festnahme (»Behabung«) und diesem Gefängniss und auch von den 310 Gulden freiwillig losgesprochen habe. Geschehen (vor dem grossen Rat zu Strassburg) am 30. Mai 1434.«

Wie verschiedene Einträge im Rechnungsbuche der Stadt Mainz von 1436 vermuten lassen, wurde der Rat zu Mainz, wahrscheinlich auf Einsprache der Strassburger, veranlasst, nunmehr seine Verbindlichkeiten gegen Gutenberg zu erfüllen und ihm eine Leibrente von jährlich 12 Gulden in zwei Terminen zu zahlen. Gutenbergs schliessliche Nachgiebigkeit bei dem geschilderten Vorfall ist aber wohl aus seinem Dankgefühl gegenüber dem Strassburger Magistrat für das ihm seither gewährte Asyl zu erklären, auch mag er damals in leidlich guten Verhältnissen gewesen sein, um auf eine für jene Zeit immerhin hohe Geldsumme verzichten zu können. Lange scheint übrigens diese günstige Finanzlage nicht bestanden zu haben, da es sich in den späteren Urkunden fast immer um Herbeischaffung von Geld für den Erfinder handelt.

Drei Jahre darauf, 1437, ist Gutenberg in eine minder prosaische Angelegenheit verwickelt. Um diese Zeit klagte Anna zu der eisernen Thüre (»Ennel zu der iseren thür«), die letzte eines Adelsgeschlechts aus dem Niederelsass, gegen Gutenberg vor dem bischöflichen Richter in Strassburg, anscheinend wegen

Bruch des Eheversprechens. Das Stammhaus von Anna's Familie lag in der Stadelgasse, und dass sie selbst keine mytische Person war, wie behauptet wurde, beweist das urkundliche Vorkommen ihres Namens sowohl in einem Verzeichnis von Witwen und Jungfrauen, die zu Geldbeiträgen gegen die Armagnaken herangezogen wurden, als auch, zweimal, in einem Gabenverzeichnis aus dem Frauenhaus-Archiv um die Mitte des 15. Jahrhunderts. Da Gutenberg, nach einem Steuervermerk im Strassburger Helbelingzollbuch, vom Jahre 1443 an seine Taxe für zwei Personen entrichtete — als Steuerzahler erscheint er hier zuerst 1439 — gewann die Annahme seiner Verheiratung an Wahrscheinlichkeit, um so mehr, als es auch einmal im Strassburger Pfennigzollbuch, allerdings ohne Zeitangabe, heisst, dass „diesen Zoll gegeben habe Ennel Gutenbergen." Dagegen spricht aber, dass Gutenberg nicht im Strassburger Bürgerbuch von 1440—1448 eingeschrieben war, was sonst bei seiner Verheiratung mit einer Strassburgerin hätte geschehen müssen.

Wichtiger als die erwähnten Vorkommnisse, ja von höchster Wichtigkeit für den Biographen, ist der Prozess, welchen die Erben eines gewissen Andreas Dritzehn im Jahre 1439 gegen Gutenberg führten, und dessen Entstehung und Verlauf glücklicherweise aus den Prozessakten selbst erhellt. Ohne die Kenntnis dieser durch Zufall entdeckten, unzweifelhaft echten, Dokumente wäre des Erfinders Strassburger Aufenthalt ein Rätsel geblieben. Zunächst wurde 1740 der Urteilsspruch des Rates im Stadtarchiv durch den Archivar Jac. Wencker gefunden, worauf im Jahre 1745 der Archivar Joh. Heinr. Barth in einem Gewölbe des Pfennigturms auch die Zeugenprotokolle entdeckte, die aber erst 1760 der Strassburger Gelehrte Johann Daniel Schoepflin veröffentlicht hat. Nach diesen Akten und den darin niedergelegten Zeugenaussagen betrieb Gutenberg in Strassburg mancherlei

mechanische Künste, an deren Verwertung er Andere auf ihren Wunsch und gegen eine bestimmte Geldsumme teilnehmen liess. Gewerbsmässig gehörte der Meister in Strassburg, wie sein Genosse Heilmann, als „Zugeselle" der Goldschmiedezunft an, ferner diente er nach dem Helbelingzollbuch von 1439—1444 bei den Konstoflern, da er aber nur ›Hintersass‹, also nicht Vollbürger war, kann er auch nur „Nachconstofler" gewesen sein. Die Constofler in Strassburg waren Mitglieder einer lokalen Innung, zu welcher diejenigen Bürger zählten, die nicht als Gewerbtreibende einer Handwerkszunft zugeteilt waren: die edlen und reichen Bürger aus dem höheren Kaufmannsstande und solche, die von den Renten aus Grundbesitz lebten, endlich, in älterer Zeit, auch unzünftige Gewerbtreibende.

Gutenbergs Einnahmequelle bildete anfänglich, ausser der Mainzer Leibrente, wohl sein Hauptgewerbe: die Goldschmiedkunst. So verdiente der Strassburger Goldschmied Hans Dünne schon um das Jahr 1436 (nach seiner gerichtlichen Aussage) an Gutenberg gegen 100 Gulden. Die Goldschmiedkunst war im späten Mittelalter eines der bedeutendsten Gewerbe, sie umfasste nicht nur Mechanik und Chemie, sondern auch das ganze Gebiet der Plastik und Graphik in Anwendung auf die Metalle, für sich allein oder im Verein mit Edelsteinen. Die Strassburger Goldschmiede waren mit den Malern, Sattlern, Glasern, Schildmalern, Harnischern, Armbrustern, Bildschnitzern und Goldschlägern, mit denen allen ihre Kunst Berührungspunkte hatte, in einer Zunft vereinigt. Im Jahre 1502 kamen, aus gleichem Grund, die Buchdrucker hinzu.

Damals nun lehrte Gutenberg einen gewissen Andreas Heilmann (der 1444 bei den Tuchern als Zunftmitglied erscheint, bei den Goldschmieden Zugeselle war und mit seinem Bruder Nikolaus eine Papiermühle vor der Stadt besass) das Steine-

polieren, d. h. Schleifen von halbedlen Schmucksteinen wie Achat,
Onyx u. s. w. Das Beurteilen von Steinen nach Härte und
Schleifbarkeit bildete einen Hauptteil der Kenntnisse eines tüch-
tigen Goldschmiedes. Zum Schleifen wurden weiche, sandige
Steine bevorzugt, auf denen mittels Wasser poliert wurde, ferner
dienten dazu Bleiplatten und feuchte Ziegelerde, sowie dickes
Leder. (Halbedelsteine, wie Chalcedon und Jaspis, dann aber
auch Smaragd und Berylle, poliert Theophilus mit dem Pulver
von Bergkrystall, Hyacinth und Schmirgel, Heraclius nimmt
Marmor, konstruiert aber auch einen Metallhobel, um damit
Krystall zu schleifen.)

Ausserdem verband sich Gutenberg Ende 1437 oder Anfang
1438 mit Hans Riffe, Vogt (Richter) von Lichtenau, zur Anfertigung von Spiegeln für die Heiligtumsfahrt nach Aachen.
Gerade zur Zeit Gutenbergs war diese siebenjährlich stattfindende
Wallfahrt in hohem Schwung und die Häuser waren dort einmal derart mit Pilgern überladen, dass einige davon einstürzten.
Für diese Wallfahrt Spiegel anzufertigen, war eine gewinnver-
sprechende Spekulation, die aber ein grösseres Betriebskapital
erforderte. Die Spiegel der germanischen Gräber bestanden,
gleich denen der antiken, aus Metall. Gewöhnlich indess waren
schon im 13. Jahrhundert und früher die Spiegel aus Glas mit
einer Unterlage von aufgegossenem Blei oder Zinn. Es waren
Handspiegel — Wandspiegel hatte man noch nicht — von runder
Form. Das Glas dazu wurde in die umrahmende Tafel einge-
fügt, seltener in die eine von zwei Tafeln, die dann zusammen
ein flaches, verschliessbares Kästchen bildeten. Rahmen und
Kästchen bestanden aus Holz oder Elfenbein. Dabei war es
Brauch, die Fläche der Spiegelrahmen und Spiegelkästchen mit
reliefartigem Bildwerk auszufüllen, das entweder phantastisch-
allegorische Figuren und Scenen, oder solche aus dem ritter-

lichen Minnedienst und dem bürgerlichen Leben darstellte.
Wenn die Einfassung solcher Spiegel im Mittelalter aus Gold-
blech hergestellt und mit flüssigem Blei vollgegossen wurde,
ergab sich ein ganz bedeutender Gewinn.

Nachdem nun der erwähnte Andreas Heilmann sowie ein
anderer Strassburger Bürger Namens Andreas Dritzehn, der
ebenfalls schon früher Beziehungen zu Gutenberg hatte, dessen
Vereinigung mit Hans Riffe zu dem geschilderten Zweck erfahren hatten, wünschten sie auch daran teilzunehmen. Gegen
ein Eintrittsgeld von je 80 Gulden fanden sie Aufnahme und
Beschäftigung. Nun hatte sich aber im Jahre 1438 herausge-
stellt, dass die Heiligtumsfahrt nicht 1439, wie irrig angenommen,
sondern erst 1440 fällig war, und als sich dadurch der erwartete
Gewinn verzögerte, bemerkten die beiden Andrese bei einem
Besuche in Gutenbergs Wohnung, dass derselbe noch andere,
seither vor ihnen geheim gehaltene, Künste betreibe. Sie
drangen darauf in ihn, ›alle sin künste vnd afentur (Unter-
nehmung) so er fürbasser oder in ander wege mehr erkunde
oder wuste, auch zu leren vnd des nicht vür jnen zu verhelen.‹
Es wurde nunmehr ein neues Abkommen, gültig für fünf Jahre,
getroffen, nach welchem jeder der Beiden weitere 125 Gulden
einzuzahlen, die Kosten und Arbeit des Unternehmens aber
für seinen Teil zu tragen hatte. Dabei war ausbedungen: falls
einer der Genossen vor Ablauf des Vertrags stürbe, sollten
die Ueberlebenden, damit ja das Werk geheim bliebe, den
Erben des Verstorbenen 100 Gulden auszahlen, das Gerät
und die hergestellten Arbeiten dagegen bei der Genossenschaft
verbleiben.

Wäre Gutenberg inzwischen gestorben, so hätten die beiden
Ueberlebenden somit sein Geheimnis, und dadurch die höchste
und unschätzbarste Einlage, umsonst gehabt. Doch es kam

anders. Um Weihnachten 1438 erlag Andreas Dritzehn, der schon längere Zeit kränkelte, seinem Leiden. Er starb, ohne seine Beiträge zur Gesellschaftskasse vollständig geleistet zu haben. Aus dem früheren Vertrag schuldete er noch 10 Gulden, ausserdem eine Rate von 75 Gulden. Da Andreas Dritzehn jedoch an das geheimnisvolle Unternehmen sein ganzes, freilich bescheidenes, Vermögen gehängt hatte, ohne noch die Früchte davon zu ernten, verlangte jetzt sein Bruder Georg (»Jerge oder Jürgen«), der das Amt eines Schultheissen bekleidete, zugleich m Namen eines anderen Bruders, Nikolaus, von Gutenberg Aufnahme in die Genossenschaft an Stelle des Verstorbenen. Darauf ging Gutenberg nicht ein und so kam es (1439) zum Prozess. Die Klagebegründung des Georg Dritzehn lautete, mit möglicher Anpassung an die damalige Aktensprache, ungefähr so: »Mein verstorbener Bruder Andreas hat sein väterliches Erbe versetzt und daraus eine bedeutende Summe verwendet auf eine Gesellschaft und Gemeinschaft mit Hans Gensfleisch von Mainz, ansässig zu Strassburg, und Anderen. Diese haben längere Zeit ihr Gewerbe mit einander getrieben und auch einen grossen Vorrat zusammen gebracht. Auch ist Andreas Dritzehn häufig da, wo sie Blei und Anderes, was zu ihrem Geschäft gehörte, gekauft haben, Bürge geworden, was er auch bezahlt hat. Als derselbe gestorben war, haben mein Bruder Klaus und ich Gutenberg oft aufgefordert: entweder uns an Andres' Stelle in die Gemeinschaft aufzunehmen, oder sonst die von unserem Bruder eingelegte Summe wieder herauszugeben. Gutenberg aber hat Beides verweigert, und so wiederholen wir unsere Forderung vor dem Gericht. Unsere Zeugen sind: Der Leutpriester zu Sanct Martin, Friedel von Seckingen, Jacop Jmeler, Hans Sydenneger, Midhart Honöwe (Hanau), Hans Schultheiss der Holzmann, Ennel Dritzehn, seine Haus-

frau, Hans Dünne, der Goldschmied, Meister Hirtz, Heinrich Bisinger, Wilhelm von Schutter, Werner Smalriem, Thomas Steinbach, Cunrat Saspach, Lorenz (Beildeck, Gutenbergs Knecht) und seine Frau, Reimbolt von Ehenheim, Hans Neunjahr von Bischofsheim, Agnese Stösser von Ehenheim, Berbel (Barbara) das clein fröwel, Georg Saltzmutter, Heinrich Sidenneger, Hans Ross, der Goldschmied, und seine Frau, Herr Gosse Sturm zu Sanct Arbogast, Martin Verwer, zwei Schuldbriefe.‹

Darauf antwortete Gutenberg: ›Die Forderung Georg Dritzehns ist unbillig. Er ist doch durch den schriftlichen Vertragsentwurf, den er und sein Bruder nach dem Tode des Andreas bei diesem aufgefunden haben, sehr wohl unterrichtet, wie ich und Andreas übereingekommen sind. Vor etlichen Jahren trat Andreas Dritzehn mit mir in Verbindung und wünschte irgend eine Kunst von mir zu erlernen. In Folge dieser Bitte habe ich ihn gelehrt, Steine zu schleifen, was er damals sich wohl zu Nutz gemacht hat. Gute Zeit darauf habe ich mit Hans Riff, Vogt zu Lichtenau, eine ›Kunst‹ unternommen, um auf der Aachener ›Heiltumsfahrt‹ sie zu verwerten. Und zwar sollte ich ²/₃ und Hans Riff ¹/₃ vom Gewinn haben. Dessen ist Andres Dritzehn gewahr geworden und hat mich gebeten, gegen eine von mir zu bestimmende Entschädigung auch ihn in dieser Kunst zu unterrichten. Indem hat Herr Antonius Heilmann für seinen Bruder um dasselbe gebeten. Aus Anlass dieser Bitten habe ich ihnen versprochen, sie zu lehren und zu unterrichten, und von dem Gewinn diesen Beiden einen Teil und Hans Riffe den andern Teil zu geben, den übrigen Teil aber für mich zu behalten. Dafür sollten dieselben Zwei mir 160 Gulden für den Unterricht in der Kunst zahlen, was sie auch gethan haben. Wir hatten vernommen, dass die Wallfahrt (nach Aachen) in diesem Jahre sein sollte und uns mit der Kunst gerüstet und vorbereitet. Da sich nun aber die Wallfahrt um ein Jahr verzogen hatte, drängten sie mich, alle meine Künste und Unternehmungen, die ich sonst noch wüsste, ihnen auch zu lehren und nichts zu verbergen. So wurde denn verabredet, dass sie mir zu der bereits gezahlten Summe (160 Gulden) noch 250 (je 125) zusammen 410 Gulden geben sollten. Und zwar: 100 (je 50) Gulden baar, die übrigen 150 (je 75) in drei Terminen. Das Unternehmen sollte fünf ganze Jahre dauern, und sollte einer von den Vieren in den fünf Jahren sterben, so sollte alle Kunst, Gerät und (Waaren) Vorrat den Anderen verbleiben, seine Erben aber dafür nach Ablauf der fünf Jahre 100 Gulden erhalten. Das und anderes wurde damals aufgezeichnet und Andreas Dritzehn vorgelegt, um einen versiegelten Brief darüber aufzusetzen und zu machen, und ich habe — wie Andreas Dritzehn auf seinem Totenbett eingestanden — sie auch seither solche Kunst gelehrt. Darum, — und weil der Vertragsentwurf, der in Andres' Nachlass aufgefunden worden ist, diesen Inhalt hat und ich auch alles mit guten Beweismitteln zu belegen hoffe — verlange ich, dass Georg und Klaus Dritzehn die 85 Gulden, welche mir von ihrem verstorbenen Bruder noch ausstehen, von den (stipulierten) 100 Gulden abziehen. Dann will ich ihnen, obwohl ich nach der vorhandenen Urkunde damit noch etliche Jahre Zeit hätte, die übrigen 15 Gulden auszahlen. Was Georg Dritzehn's Behauptung betrifft, dass sein Bruder Andres einen grossen Teil seines väterlichen Erbes verpfändet oder verkauft habe, das geht mich nicht an: ich habe nie mehr von ihm erhalten, als ich angegeben habe, ausgenommen eine halbe Ohm gesottenen Weins (eingekochter Most), einen Korb mit Birnen und ein halbes Fuder Wein, das er und Andreas Heilmann mir geschenkt, während sie Beide weit mehr ohne Entgelt bei mir verzehrt

haben. Auch ist Andres Dritzehn nirgends mein Bürge geworden, weder für Blei noch für sonst etwas, ausgenommen
einmal bei Friedel von Seckingen, welche Bürgschaft ich aber
– wie ich durch Zeugen beweisen kann — nach seinem Tode
wieder eingelöst habe. Meine Zeugen sind: Herr Antonius
Heilmann, Andreas Heilmann, Klaus Heilmann, Midehart Stocker,
Lorenz Beildeck, Werner Smalriem, Friedel von Seckingen,
Ennel Dritzehn, Conrad Saspach, Hans Dünne, Meister Hirtz,
Herr Heinrich Olse, Hans Riffe, Herr Johann Dritzehn.‹

Wichtige Ergänzungen bieten (nach einer Zusammen-
stellung von Arthur Wyss in ›Quartalblätter des historischen
Vereins für das Grossherzogtum Hessen‹ Darmstadt 1879) die
Zeugenaussagen bei der Prozess-Verhandlung.

Der Priester Anton Heilmann wünschte die Beteiligung
seines Bruders Andreas, nachdem er erfahren hatte, dass Gutenberg den Andreas Dritzehn ›zu einem dritten Teil wollte
nehmen in die Aachenfahrt zu den Spiegeln.‹ Der Bauer Hans
Niger schuldete dem Andreas Dritzehn Geld. Dieser mahnte
ihn darum, da er es selbst bedürfe, und erklärte ihm auf seine
Frage, was er denn treibe, er sei ein Spiegelmacher. Darauf
liess Niger sein Korn dreschen, verkaufte es und bezahlte ihn.
Es war also nach der Ernte. Andreas Dritzehn erzählte auf
seinem Sterbelager — er starb während der Weihnachtsfeier-
tage 1438 — dem Midehart Stocker von der Gemeinschaft mit
Gutenberg, zu welcher er und Andreas Heilmann je 80 Gulden
gezahlt hatten. Als sie nun in Gemeinschaft gewesen seien,
da sei er mit Andreas Heilmann einmal zu Gutenberg gekommen zu St. Arbogast (wo Gutenberg wohnte). Da hätte
Gutenberg ›etliche Kunst‹ vor ihnen verborgen, die er nicht
verbunden war, ihnen zu zeigen. Daran hätten sie keinen Gefallen gehabt, und hätten darauf die Gemeinschaft abgethan und

eine andere Gemeinschaft errichtet, nach welcher Gutenberg alle seine Kunst, die er könnte, nicht vor Ihnen verbergen sollte. Nach Anton Hellmanns Aussage dagegen wäre die Aufforderung zu dem neuen Vertrage von Gutenberg ausgegangen. Dieser sagte nämlich dem Zeugen, er müsse ein anderes gedenken, dass es in allen Sachen gleich würde, da er ihnen bisher so viel gethan habe, [und dass sie] ganz mit einander in eins kämen, nicht dass einer vor dem andern etwas verhehlen möchte; so diente es wohl auch zu dem andern [Unternehmen]. Anton Heilmann rict darauf seinem Bruder und Dritzehn zum Abschluss der neuen Uebereinkunft, indem er ihnen sagte: »Sintemal dass jetzt so viel Gezeug da ist und gemacht wird, dass euer Anteil (daran) gar nahe ist Euerem Gelde (d. h. den Kosten), so wird Euch doch die Kunst mitgeteilt.« Die Abfindung der Erben eines gestorbenen Mitgliedes mit Geld (100 Gulden) wurde nach Anton Heilmann desshalb bestimmt, damit man nicht genötigt sei, allen Erben die Kunst zu weisen und zu offenbaren. Gutenberg hob dabei hervor, dass diese Bestimmung im Falle seines Todes für die übrigen Teilhaber sehr vorteilhaft sei, da seine Erben nicht mehr erhielten, als die Erben jener, er also alles dreingehen lasse, was er für seine (bereits aufgewendeten) Kosten sollte vorausgenommen haben. Anton Hellmann unterrichtet uns auch etwas näher über die Zahlungsbedingungen des zweiten Vertrages. Die erste Rate betrug, wie wir schon wissen, für jeden der beiden Andrese 50 Gulden; am 25. Dezember 1438 (»winachten nehst vergangen«) sollte ein Betrag von 20 Gulden und am 15. März 1439 »abermals Geld« gezahlt werden, und das Geld wurde nicht in die Gemeinschaft gelegt, sondern es sollte Gutenbergs sein (also Lehrgeld). Derselbe Zeuge fragte auch seinen Bruder, wann sie anfingen zu lernen, und dieser antwortete ihm, es fehlten dem Gutenberg noch 10 Gulden an den 50, die Andreas Dritzehn »an ruckes (15. Juli?) geben solt han.« Unter dem »Gezeug«, womit man sich beschäftigte, werden mehrfach Formen erwähnt. Kurz vor Weihnachten 1438 sandte Gutenberg seinen Knecht zu den beiden Andresen »alle Formen zu holen.« Die Formen wurden dann in Gegenwart des Anton Heilmann eingeschmolzen, wobei es diesem um einige derselben leid that. Andreas Dritzehn arbeitete in seiner Wohnung und bediente sich dabei einer Presse. Als er gestorben war, hätten Leute gern die Presse gesehen, wie Anton Heilmann wohl wusste. Da sprach Gutenberg, sie sollten nach der Presse senden, er fürchte, dass man sie sehe. Speziell beauftragte Gutenberg seinen Diener Lorenz Beildeck, dem Klaus Dritzehn zu sagen, er möge die Presse Niemanden zeigen. Auch sollte Lorenz an die Presse gehen und sie mit den zwei Wirbelchen (»würbelin«) aufthun, so fielen die Stücke von einander. Dieselben Stücke sollte er dann in die Presse oder auf die Presse legen, so könnte Niemand etwas merken. Lorenz richtete denn auch bei Klaus Dritzehn aus, Klaus möge »die vier Stücke«, die in der Presse lägen, herausnehmen und auseinander legen, damit man nicht wissen könne, was es sei, denn Gutenberg habe nicht gern, dass es jemand sehe. Als aber Klaus nach den Stücken suchte, fand er nichts. Auch Andreas Heilmann nahm sich der Sache an. Er ging zu dem Drechsler Konrad Sahspach und sagte zu ihm: »Lieber Konrad, Du hast die Presse gemacht und weisst darum. Gehe hin, nimm die Stücke aus der Presse und zerlege sie von einander, so weiss niemand, was es ist.« Als aber Konrad hinkam, war das Ding fort. Ausserdem erfahren wir noch, dass die Genossen zu ihren Arbeiten Ankäufe von Blei machten und dass der Goldschmied Hans Dünne etwa drei Jahre vorher (1436) von Gutenberg bei 100 Gulden verdiente »allein an dem, was zum Drucken gehört.«

Aus der Prozessverhandlung ist also ersichtlich, dass Gutenberg mit seinen Teilhabern den ersten Vertrag zum Zweck der Spiegelfabrikation, den zweiten aber zur Ausbeutung anderer geheimer Künste schloss. Das Spiegelmachen war kein Geheimnis und nirgends von seiner Geheimhaltung die Rede. Dagegen lassen verschiedene technische Ausdrücke, Instrumente und Material, (Drucken, Formen, Presse, Blei) auf typographische Arbeiten schliessen und es ist daher höchst wahrscheinlich, dass sich Gutenberg bereits in Strassburg, wenn auch nur versuchsweise, mit der Kunst beschäftigte, die er später in Mainz zur Vollendung brachte. Er selbst war freilich als Verklagter damals nicht verpflichtet, sich über das Wesen seiner Erfindung zu äussern und die Zeugen schwiegen darüber, teils aus Interesse, teils aus Unkenntnis oder Gleichgültigkeit. Vermutlich stand die in den Zeugenaussagen wiederholt erwähnte Presse in der Wohnung des Andreas Dritzehn, die Gutenberg sofort nach dem Tode seines Teilhabers auseinander nehmen lässt, „uff daz man nit gewissen kunne, was es sy," in Beziehung zu dem Typendruck, da eine hölzerne Presse zu Gutenbergs Metallarbeiten ungeeignet scheint. Auch spricht dafür, dass dieser kurz vor dem Ableben des Dritzehn seinen Knecht zu demselben schickte, um alle Formen zu holen und einzuschmelzen. Jedenfalls aber war der Goldschmied, Edelsteinschleifer und Spiegelfabrikant Gutenberg, dem Andere Eintrittsprämien und Lehrgeld zahlten, um dadurch von seiner Meisterschaft zu profitieren, technisch und psychologisch der geeignetste Mann zur Erfindung der Typographie. Als Goldschmied musste er sich, ausser mit Gold, mit Silber, Perlen, Steinen, Schmelz, Bronze, Kupfer, Messing, und selbst Holz und Eisen, befassen, musste er geübt sein im Schmieden, Treiben, Schweissen, Löten, Nieten, Giessen, Pressen, Vergolden, Färben, Emaillieren, Drahtflechten, Gravieren.

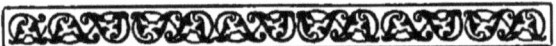

Zeichnen u. s. w., also eine Summe geübter Handfertigkeit und praktischer Fachkenntnisse besitzen, die eine längere Uebungszeit voraussetzen. Er musste ferner verstehen: das Treiben (die Verwandlung des Edelmetalls durch Hämmern und Walzen in Blech), die Ausbildung reliefartiger Erhöhungen an der Oberfläche des Goldblechs mittelst des Punzeisens, das Giessen, das nochmalige Uebergehen des fertig gegossenen Stückes mit dem Ciseliereisen, wozu die Punzen (stählerne Stäbe mit zugespitztem Ende von verschiedener Gestalt) dienten. Zur Ciselierarbeit gehörte das Gravieren zum Anbringen von Linien, Buchstaben u. a., oder zum Nachtiefen der nicht genügend scharfen Züge und Striche, wozu der Grabstichel und verschiedenartige Feilen und Schabeisen angewendet wurden. Ausser dem Giessen und Treiben aus ebenem Metallblech wurde letzteres aber noch dadurch plastisch gestaltet, dass man den Gegenstand nicht (positiv) trieb, sondern (negativ) drückte mittels einer Stanze, (beim Münzen Prägestock) ein Verfahren, das als Vorläuferin des Schriftgusses zu betrachten ist. So sprechen alle Umstände dafür, dass sich Gutenberg schon in Strassburg mit Typendruck-Versuchen beschäftigte, wie denn auch ein Druckfragment in der Pariser Nationalbibliothek in diese Frühzeit gesetzt und von einem gewissen Prokopp Waldvogel, Goldschmied aus Prag (laut einer durch Abbé Requin 1890 zu Avignon entdeckten Aufzeichnung) erzählt wird, dass derselbe dort bereits im Jahre 1444 die (von Gutenberg erlernte?) Herstellung beweglicher Lettern gegen Geld und das Versprechen der Verschwiegenheit gelehrt habe.

In dem geschilderten Prozess lautete der gerichtliche Urteilsspruch vom 12. Dezember 1439, wie vorauszusehen war, auf Abweisung des Klägers, dem Gutenberg nur 15 Gulden auszuzahlen hatte. Auch Andreas Dritzehn scheint diesen Ausgang geahnt zu haben, als er auf seinem Sterbebett am 27.

Dezember dem Mydehart Stocker gegenüber äusserte: »Sollte ich sterben, so wollte ich, dass ich nie in die Gesellschaft gekommen wäre. Ich weiss, dass meine Brüder nimmer mit Gutenberg übereinkommen werden.« Die durch obigen Todesfall und Prozess unterbrochene Thätigkeit setzte Gutenberg inzwischen mit seinen Geschäftsgenossen fort; dass dieselbe aber den erhofften Gewinn, namentlich durch die Spekulation auf das Aachener Kirchenfest, brachte, ist höchst unwahrscheinlich. Gutenberg befand sich auch jetzt fast beständig in Geldnot und geriet in Schulden. So blieb er nach den Registern über die gezahlten Weinzölle im Juli 1439 12 Schilling vom Zolle schuldig, die er erst im Juni 1440 nachzahlte. Ferner steht urkundlich fest, dass er sich mit dem Ritter Luthold von Ramstein als Mitschuldner am 25. März 1441 für einen Johannes Karle, Waffenträger, bei dem St. Thomaskapitel in Strassburg für 100 Pfund Strassburger Heller verbürgte, und zwar derart, dass er verpflichtet war, wenn Karle mit dem jährlichen Zins von 5 Pfund Strassburger Heller im Rückstand blieb, sich, bis zur Zahlung, als Geissel zu stellen. Auch verpfändete Gutenberg bei demselben St. Thomasstift unter Bürgschaft von Martin Brechter, Bürger zu Strassburg, laut Schuldbrief vom 17. November 1442, ein ihm von seinem Oheim Johann Leheimer zugefallenes Erbteil von 10 Gulden jährlichem Einkommen um 80 Pfund Strassburger Heller gegen eine jährliche Abgabe von 4 Pfund, zahlbar am St. Martinstag. Aus einer anderen Mitteilung, nach welcher Gutenberg der Stadt nur zur Hälfte für ein Pferd aufzukommen hatte, lässt sich seine damalige Habe auf 400–600 Pfund Heller (1 Pfund 20 Schilling, 1 Schilling — 12 Heller oder 26 Pfennige heutigen Geldes) Wert berechnen, ein selbst für jene Zeit sehr bescheidenes Besitztum. Bis zum 12. März 1444 er zahlte noch an diesem Tage nach dem Strassburger

Pfennigzollbuch 1 Gulden Zoll — ist Gutenbergs Aufenthalt in Strassburg nachweisbar, von da an fehlen dafür die Belege, und ein kriegerisches Ereignis, der Einfall der Armagnaken im Elsass, störte seine friedliche Arbeit.

Die Armagnaken (wegen ihrer Roheit und Plünderungssucht »Ecorcheurs« d. i. Leuteschinder genannt), die im französischen Bürgerkrieg zwischen der Partei des Grafen von Armagnac und der des Herzogs von Burgund dem von dem Ersteren 1410 gebildeten Heere angehörten, waren zügellose Soldknechte; sie leisteten gute Dienste gegen die Engländer und kämpften als französische Hilfstruppen gegen die Schweizer. Zum erstenmal zogen sie, 10000 berittene Räuber, vom 15. Februar bis 6. März 1439 plündernd und verwüstend durch das Elsass, legten über 100 Dörfer in Asche und bedrohten Strassburg. Im Jahre 1444 wiederholten sie ihren Raubzug, rückten am 18. September auf's Neue vor die befestigte Stadt und plünderten St. Arbogast. Die Bürger wehrten sich tapfer und erfolgreich, und Gutenberg zählte wohl mit zu den Verteidigern der Westmarke des Reiches. Wenigstens steht sein Name in einem der Verzeichnisse der Kontingente, welche die Zünfte dem Magistrat zur Abwehr der Eindringlinge stellten. Es trägt die Ueberschrift: „Dies sind die Meister der Goldschmiede und Maler und Sattler, und Glaser und Harnischer." Es folgen die Namen, und weiter unten heisst es: „Diese Nachgeschriebenen sind Zugesellen, die keine ganze Zunft haben: Hans Gutenberg, Andreas Hellmann" u. s. w. Gutenberg wohnte in Strassburg zu Sankt Arbogast. Das Kloster Sankt Arbogast lag ausserhalb der Stadtmauer bei dem sogenannten „Grünen Berge" auf einer Illinsel vor dem Schirmecker Thore und wurde im Jahre 1531 nebst der gegenüberstehenden alten St. Marx-Klause abgebrochen. An der Stelle des Klosters befindet sich seit 1894 ein von dem Strassburger Gemeinderat

infolge einer Stiftung errichteter Denkstein mit folgender Inschrift:
„Hier auf dem Grünen Berge wurde die Buchdruckerkunst erfunden und von hier aus wurde das Licht in die Welt verbreitet."

Zu Sankt Arbogast „usswendig des Klosters" hiess aber
auch die ganze, jetzt „Grüneberg" genannte Gegend an der Jll,
und wahrscheinlich in einem der dortigen, zum Kloster gehörenden Gebäude hatte Gutenberg sich niedergelassen, nicht
im Kloster selbst, wo er, wenn verheiratet, auch schwerlich
mit Familie Aufnahme gefunden hätte. Seine Teilhaber pflegte
Gutenberg bei sich zu empfangen und häufig zu bewirten, wofür letztere sich durch Geschenke von Obst, Wein u. s. w.
dankbar zeigten, sonst scheint er sich auf einen rein geschäfts-
mässigen Verkehr mit ihnen beschränkt zu haben. Er war und
blieb eben in sozialer Hinsicht der Patriziersohn, welcher vornehme Zurückhaltung zu wahren und seinen Umgang aus höheren
Kreisen zu wählen gewohnt war. Gesellschaftlich näher traten
ihm (nach den Urkunden) hier nur der Dekan der St. Peters-
kirche, Antonius Heilmann, der unzweifelhaft sein Vertrauter
war, die Ritter Luthold von Ramstein und Friedel von Sickingen,
sowie der Richter Hans Riffe, seine geistige und technische
Ueberlegenheit aber erkannten wohl Alle an.

Wohin sich Gutenberg nach der Plünderung von St. Arbogast durch die Armagnaken zuerst begab, ist unbekannt, vermutlich richtete er seine Blicke jetzt nach der Vaterstadt.

II.

Gutenberg in Mainz 1448—1468: Seine Verbindung und sein
Prozess mit Johann Fust. Die Firma Fust und Schöffer. Gutenbergs Notlage. Dr. Humerys Hilfe. Eroberung der Stadt durch
die Nassauer. Gutenberg als Mitglied der St. Viktors-Bruder-
schaft. Seine Wohnung und seine gesellschaftlichen Beziehungen.
Gutenberg als kurfürstlicher Hofdienstmann und die Brüder Bechtermünze in Eltville. Des Erfinders Lebensende und Nachlass.
Seine Grabstättte, sein Bild und sein Siegel.

RST im Jahre 1448 erscheint Gutenberg urkundlich in
seiner Vaterstadt Mainz, die noch immer in Streitigkeiten verwickelt war. Sitz des vornehmsten und mäch-
tigsten Kirchenfürsten in Deutschland, des Primas und Erzkanzlers
des Reichs, hatte Mainz seit 1244 die Reichsunmittelbarkeit erlangt, welche nun beständig von den Erzbischöfen angefochten
wurde. Unter diesen fortgesetzten Streitigkeiten litt natürlich auch
der Aufschwung der Stadt; Mainz zählte damals nur ungefähr 6000
Einwohner — darunter etwa 1000 Bürger und 500 Geistliche —
und stand in gewerblicher Hinsicht bedeutend hinter Strassburg,
Nürnberg und Frankfurt zurück. Dagegen blieb es als Stapel-
platz und Lagerstadt für die Schiffahrt und den Warenverkehr

auf dem Rhein und Main hervorragend, und bemerkenswert ist
die verhältnismässig grosse Zahl seiner Goldschmiede (29 gegen
16 in Strassburg), welche sich teils aus dem Mehrbedarf für
Kirchengeräte und Kirchenschmuck, teils aus dem Aufwand
des prachtliebenden Stiftsadels erklären lässt. Für Gutenbergs
Künste war also Mainz ein besonders geeigneter Ort. Dennoch
lächelte auch hier ihm nicht das Glück, und die erste von ihm
in Mainz bekannt gewordene Handlung ist, dass er am 16.
Oktober 1448 gegen 8½ Gulden jährliche Zinsen ein Kapital von 150
Gulden aufgenommen hat, wofür sein Verwandter, Arnold Gelthuss zum Echtzeller, die Renten mehrerer Häuser in Mainz verpfändete. Wahrscheinlich galt diese Anleihe neuen Versuchen
oder Vorbereitungen zur Ausführung der Typographie, sie reichte
aber nicht aus, denn schon im nächsten Jahre sah sich Gutenberg nach weiteren Hilfsquellen um und ging die für ihn so
verhängnisvolle Verbindung mit dem Mainzer Bürger Johann
Fust ein. Er schloss um das Jahr 1449 mit diesem einen schriftlichen Vertrag, wonach Fust ihm gegen 6% Zinsen 800 Goldgulden zur Errichtung einer Buchdruckerei (»domit er das werck
volnbrengen solt«) vorstreckte. Bis zur Rückzahlung des Kapitals
blieb dafür das herzustellende Geräte Fust als Unterpfand. Durch
Rückzahlung dieser Summe nebst Zinsen konnte Gutenberg
jederzeit seine Schuld ablösen (»sine geczuge ledig sin.«) Das
für damals bedeutende Darlehen Fust's reichte wohl grade zur
ersten Einrichtung einer Druckerei, (die von dem Abt Stam-
haim 1472 in Augsburg angelegte Buchdruckerei z. B. kostete
703 Gulden) aber Fust, der sich gewiss von der Rentabilität
der Erfindung überzeugt hatte, begnügte sich nicht damit, Geld-
schiesser zu sein, er wollte auch Teilnehmer am Gewinne werden.
Er erklärte sich daher bereit, jährlich 300 Gulden Betriebskapital
nebst den erforderlichen Kosten für Gesindelohn, Hauszins,

Pergament, Papier und Druckfarbe vorzustrecken. Gutenberg,
der sich in Strassburg als kluger und gewandter Unternehmer
bewährt hatte, liess jedoch bei dieser Vereinbarung mit dem
schlauen und nüchternen Kapitalisten die nötige Vorsicht ausser
Acht. Er bewilligte dem Fust für dessen Darlehen schriftlich
Zinsen, während dieser ihm mündlich versichert hatte, von einer
Zinsenberechnung abzusehen. Nur Gutenbergs Ungeduld, endlich das heissersehnte Lebensziel zu erreichen, lässt diese sonst
unbegreifliche Achtlosigkeit verstehen. Die Folgen davon zeigten
sich bald. Fust lernte in dem Kleriker Peter Schöffer aus
Gernsheim eine tüchtige, junge Kraft kennen, durch die er
Gutenberg, dessen Geheimnis er nun genügend kannte, zu er-
setzen beschloss. Vermutlich ging Fust die Ausbeutung der
neuen Kunst durch Gutenberg nicht rasch genug, und er sah
in Schöffer, seinem künftigen Schwiegersohn, einen gefügigeren
Genossen, als in dem selbstbewussten, schwer zugänglichen
Meister, dessen versprochener grosser Erfolg noch immer auf
sich warten liess. Jedenfalls nach vorheriger Uneinigkeit und
Spannung mit demselben, klagte Fust um das Jahr 1454 seine
Forderung an Gutenberg ein, und es kam zum Prozess. Das
Gerichtsprotokoll über diesen Prozess ist bis jetzt nicht aufgefunden worden, dagegen existiert ein notarieller Akt über seinen
Verlauf, das sogenannte Helmasperger'sche Notariatsinstrument
vom 6. November 1455, das zugleich die einzige Urkunde ist,
welche von Gutenbergs Thätigkeit in Mainz direkt berichtet und
gegenwärtig in der Göttinger Universitätsbibliothek aufbewahrt
wird. Zweck dieser Urkunde ist der Nachweis, dass Fust den
ihm auferlegten Eid geleistet, sie enthält aber in der üblichen
Form zugleich die Klage Fust's, sowie Gutenbergs Erwiderung,
und schliesslich das gerichtliche Urteil selbst. Danach klagte
Fust ein:

Ein vorgeschossenes Kapital von 800 Gulden
Ausgelegte Zinsen dafür 250 »
Ein zweites Kapital » 800 »
Ausgelegte Zinsen dafür 140 »
An Zinseszinsen 38 »

zusammen 2028 Gulden

Statt der jährlich versprochenen 300 Gulden gab also Fust (und zwar erst im Jahre 1452) den einmaligen weiteren Vorschus von 800 Gulden. Gegen sein mündliches Versprechen, keine Zinsen zu berechnen, schützte er sich hier auf raffinierte Art. Er entlieh selbst das Geld gegen 6°/o Zinsen — einmal zahlte er sogar 38 Gulden Wucherzins -- und wahrte so seinen ›Schein‹. In Folge der gerichtlichen Verhandlung liess Fust von der ursprünglichen Kapitalforderung 50 Gulden nach, verlangte dagegen von den verbleibenden 1550 Gulden um so entschiedener seine 6°/o Zinsen.

Das Mainzer Gericht, bestehend aus dem Kämmerer Johann Münch von Rosenberg, dem Schultheissen Dietrich Billung und den vier Richtern: Clas Schenkenberg, Andres Weyse, Degenhard von Cleberg und Friedrich von Weyler, fällte folgenden Urteilsspruch:

›Nachdem wir Anspruch, Antwort, Widerrede und Nachrede gehört haben, sprechen wir zu Recht:

Wenn Gutenberg seine Rechnung abgelegt hat von allen Einnahmen und Ausgaben, die auf das Werk zum Vorteil Beider (auf den Buchdruck) fallen, soll die Mehreinnahme in die (ersten) 800 Gulden gerechnet werden. Ergiebt sich aber aus der Rechnung, dass er (Fust) ihm mehr als 800 Gulden vorgestreckt hat, was nicht zu gemeinschaftlichem Vorteil verausgabt wurde, so soll er ihm das wiedergeben.

Und wenn Johannes Fust mit seinem Eide oder mit guten Zeugen beweist, dass er das vorhergenannte Geld mit Zins aufgenommen und nicht von seinem eigenen Geld geliehen hat, so soll ihm Johannes Gutenberg diese Zinsen auch bezahlen nach dem Wortlaut des Vertrags.‹

Fust leistete den auferlegten Eid:

›Am 6. November 1455 Vormittags zwischen 11 und 12 Uhr erschienen in Gegenwart des Notars Ulrich Helmasperger und von Peter Kranz, Johann Kist, Johann Knoff, Johann Yseneck, Peter (Schöffer aus) Gernsheim und Johann Bonne, Kleriker der Stadt und des Bistums Mainz, die als Zeugen besonders gebeten und vorgeladen, bei den Franziskanern im grossen Speisesaal (Refektorium) der ehrsame und vorsichtige Mann Jakob Fust und erklärte wegen seines ebenfalls gegenwärtigen Bruders Johann Fust, dass dieser erschienen sei, den im Rechtsspruch zwischen beiden Parteien, seinem Bruder Johann Fust auf der einen, und Johann Gutenberg auf der anderen Seite, aufgelegten Eid zu leisten, wozu der Schlusstermin auf heute zu dieser Stunde in der Klosterstube festgesetzt sei.

Und damit die noch in der Konventsstube versammelten Klosterbrüder nicht gestört noch beschwert würden, liess Jakob Fust durch einen Boten in besagter Stube erfragen, ob Johann Gutenberg oder Jemand von seinetwegen im Kloster wäre, um den Eid seines Bruders zu sehen und zu hören. Nach dieser Sendung und Nachfrage kamen in den erwähnten Speisesaal: der ehrsame Herr Heinrich Günther, Pfarrer zu St. Christoph in Mainz, Heinrich Keffer und Berthold von Hanau, Diener und Knecht von Johann Gutenberg. Und nachdem sie durch Johann Fust befragt worden, warum sie da wären und ob sie Vollmacht hätten von Johann Gutenberg, antworteten sie: sie wären beschieden von Junker Johann Gutenberg, um zu hören und zu

sehen, was in der Sache geschehen würde. Darauf liess Johann
Fust feststellen und bezeugen, dass er dem Termin wie angeordnet, genügt, seinen Gegner Johann Gutenberg vor 12 Uhr
erwartet, dieser aber sich nicht eingestellt habe. Er selbst sei
bereit und willfährig, dem Rechtspruch, über den ersten Artikel
seiner Forderung gefällt, nach dessen Inhalt zu genügen. Und
so liess er ihn, mitsamt Klage und Antwort verlesen wie folgt.«
(Siehe vorher.) »Dieser Rechtspruch wurde in Gegenwart des
Herrn Heinrich (Günther) und Heinrichs (Keffer) und Becht-
holds (von Hanau) Dieners des Johann Gutenberg, vorgelesen,
und Johann Fust beschwor mit aufliegenden Fingern auf den
heiligen (Reliquien) - in der Hand des öffentlichen Schreibers
Ulrich Helmasperger - dass Alles in einem von ihm über-
gebenen Zettel wahr und gerecht sei.«

Das Notariatsinstrument schliesst wie folgt: »Und ich,
Ulrich Helmasperger, Kleriker des Bistums Bamberg, von
kaiserlicher Gewalt öffentlicher Schreiber des heiligen Stuhls
zu Mainz, geschworener Notarius, — da ich bei allen obenge-
meldeten Punkten und Artikeln mit den vorhergenannten Zeugen
gewesen bin und sie mit angehört habe — darum habe ich
dieses offene Instrument, durch einen Anderen geschrieben und
gemacht, mit meiner Hand unterschrieben und mit meinem
gewöhnlichen Zeichen gezeichnet, in Zeugniss und wahrer Beurkundung aller vorhergeschriebenen Dinge. Ulricus Helmasperger, Notar.« Folgt das Amtssiegel.

Ueber die Eidesleistung begehrte Fust von dem Notar »eine
oder mehrere offene Urkunden, so oft ihm solche nötig sein
sollten.« Erst durch diesen Eid erhielt das gegen Gutenberg ge-
fällte bedingte Urteil die Rechtskraft, und erst vom 6. November
1455 an war dem Fust eine Forderung von über 2000 Gulden
zugesprochen, hatte er also Gutenberg vollständig in der Gewalt.

Schon während seines Zerwürfnisses mit dem Erfinder wurde von Fust — unter Beihilfe Schöffers — 1454 eine zweite, von der ersten Offizin unabhängige, Druckerei eingerichtet und in Betrieb gesetzt, und dazu musste ihm Gutenbergs nunmehrige Bedrängnis besonders willkommen sein. Wann und wie sich aber Fust endgültig mit dem verurteilten Meister auseinandergesetzt hat, ist wieder unbekannt geblieben; wahrscheinlich gingen Gutenbergs wertvollste Materialien, darunter die kostbaren Psaltertypen, in den Besitz der neuen Firma Fust-Schöffer über. So nur gelang es dieser, das von Gutenberg vorbereitete grosse Werk, und damit zugleich das erste gedruckte Buch mit vollständigem Datum (14. August 1457), herauszugeben.

Es war das prachtvolle Psalterium, eine typographische Musterleistung, und stolz verkündete die Schlussschrift der Welt:

»Gegenwärtiger Codex der Psalmen mit schönen (= farbigen) Initialen verziert und durch Rubriken (= rotgedruckte Aufschriften) genügend ausgezeichnet, ist durch eine künstliche Erfindung des Druckens und der Typenbildung, ohne irgend einen Gebrauch der Feder, so hergestellt und zur Ehre Gottes mit Fleiss vollendet durch Johann Fust, Mainzer Bürger, und Peter Schöffer von Gernsheim, im Jahre des Herrn 1457 am (Mariä) Himmelfahrtsabend.«

Dass diese »künstliche Erfindung« des Druckens und der Typenbildung« Gutenberg zu danken sei, verschwiegen freilich die Herausgeber, und Gutenberg musste sich, in seiner bedrängten Lage, dieses Totschweigen gefallen lassen. Durfte er sich doch selbst nicht einmal auf seinen eigenen Druckwerken nennen, aber nicht etwa aus falscher Bescheidenheit, aus Familienrücksichten, oder weil er von der Konkurrenz sich überflügelt glaubte, scheint er es unterlassen zu haben, sondern weil jeder neue Druck des gänzlich verschuldeten Erfinders durch

Anonymität gegen gerichtliche Pfändung gesichert werden musste. Denn Pfändung drohte ihm aus Strassburg, wo er seinen Verpflichtungen gegenüber dem St. Thomaskapitel nur bis zum 11. November 1457 nachgekommen war, — vier Jahre später (1461) klagte das Kapitel erfolglos auf Rückzahlung des Kapitals nebst den fälligen Zinsen gegen Gutenberg und musste, nachdem es Gutenbergs Mitschuldner Martin Brechter zweimal vergebens hatte durch Festnahme zur Zahlung zwingen wollen, schliesslich (1475) sein Guthaben verloren geben. — Pfändung drohte ihm ferner wegen der durch seinen Vetter Arnold Gelthus geborgten und noch nicht zurückgezahlten 150 Goldgulden, und drohte ihm wohl noch immer aus seiner Schuld an Fust und von anderer Seite.

Um diese Zeit muss Gutenbergs Geldverlegenheit ihren Höhepunkt erreicht haben. Die Annahme jedoch, dass er jetzt wieder nach Strassburg sich begeben und dort den frühesten Drucker jener Stadt, Johann Mentel, seine Kunst gelehrt habe, bedarf noch der urkundlichen Bestätigung. Sicher ist, dass der arg Bedrängte noch einmal, und zwar in Mainz selbst durch den Syndikus Dr. Konrad Humery († 1472), finanzielle Unterstützung fand. Humery, auch als Mitgründer einer im Jahre 1443 entstandenen gastronomischen ›Gesellschaft der eigenmächtigen Brüder‹ mit dem Vereinsnamen ›Zimmernrose‹ genannt, gab damals Gutenberg Geldmittel zum Fortbetrieb seines Unternehmens, und dieser verschrieb ihm dafür seine ›Formen, Buchstaben, Instrumente und Gezeug.‹

Mit Hilfe dieses Vorschusses druckte Gutenberg im Jahre 1460 sein letztes bekannt gewordenes Werk, das Katholikon. Zwei Jahre darauf unterbrach der Kurstreit zwischen Diether von Isenburg und Adolf von Nassau die Ausübung der Buchdruckerkunst in Mainz.

Dieser für Mainz verhängnisvolle Streit, welcher die Verbreitung der neuen Kunst beschleunigt und Gutenbergs Schicksal eine andere Richtung gegeben hat, entstand und verlief in Kürze wie folgt: Nachdem der Erzbischof Dietrich von Mainz am 6. Mai 1459 zu Aschaffenburg gestorben war, erfolgte am 18. Juni desselben Jahres die Wahl des Domkustos Grafen Diether von Isenburg durch das Domkapitel mit 4 Stimmen zu seinem Nachfolger auf dem Stuhle des heiligen Bonifatius. Da der Gewählte jedoch die päpstliche Bestätigung seiner hohen Würde nur unter äusserst lästigen Bedingungen erhalten hatte, zeigte er sich in deren Erfüllung säumig und nahm sogar eine trotzige Haltung gegen Papst und Kaiser an. Hierauf setzte der Papst am 21. August 1461 ihn ab, und ernannte den Grafen Adolf von Nassau, der bei der Wahl Diethers als dessen Gegenkandidat 3 Stimmen erhalten hatte, zum Erzbischof. Doch Diether, über den inzwischen der Bann verhängt worden war, wich nur der Gewalt, und so entbrannte ein heftiger Kampf im Erzstifte zwischen den Anhängern Diethers und Adolfs. Die Stadt Mainz befand sich dabei anfänglich in günstiger Lage, denn beide Gegner umwarben sie, allein die Mehrheit des Rates neigte sich auf die Seite des Nassauers, dem heimlich auch über 200 Bürger anhingen, während die Mehrheit der Gemeinde zu dem abgesetzten Isenburger hielt. So kam ein Zwiespalt in die Einwohnerschaft und begünstigte die geplante Ueberrumpelung der schlecht bewachten Stadt. Am 28. Oktober 1462 gelang es den Anhängern Adolfs durch einen verräterischen Ueberfall Mainz in der Morgendämmerung zu erobern. Die überraschten Bewohner wehrten sich verzweifelt, und über 400 Tote lagen zuletzt in den Strassen, an 150 Häuser gingen in Flammen auf. Am folgenden Tage hielt Adolf seinen Einzug in die zerstörte Stadt und auf dem Dietmarkt ein strenges Strafgericht über die Mainzer, welche sich ihm feindlich entgegengestellt hatten. Viele von ihnen wurden vertrieben, ihre Häuser unter die Sieger verteilt, und nur die nassauisch Gesinnten verschont. Zu letzteren, oder doch zu den Neutralen, muss auch Gutenberg gehört haben, sonst hätte ihn der neue Kurfürst nicht bald darauf durch einen Gnadenakt ausgezeichnet, worüber noch berichtet wird.

Unter den Gebäuden, die bei dem Ueberfall abbrannten, befand sich auch die Fust-Schöffer'sche Druckerei, aus welcher während des Kurstreites verschiedene Einzelblattdrucke hervorgegangen waren (wie die päpstliche Bulle und das kaiserliche Manifest betreffend die Absetzung Diethers, das Manifest Diethers gegen den Papst und Adolf, sowie Adolfs Gegenmanifest).

Wenn nun auch der Ausgang des Kurstreites für Mainz selbst unheilvoll war - die Stadt verlor damals alle ihre früheren Vorrechte — für die übrige Welt war er ein Glück, denn die Jünger Gutenbergs, durch die Zerstörung ihres Wohnorts gezwungen, zogen nun hinaus in die Lande und offenbarten, zum Heil der Menschheit, das in Mainz beschworene Kunstgeheimnis. Dadurch nahm die neue Kunst, schneller und sicherer als sonst und noch bei Lebzeiten des Meisters, ihren Siegeslauf durch Deutschland, Italien und Frankreich, nachdem sie vorher schon Mentel in Strassburg (vor 1460) und Pfister in Bamberg (1461) ausgeübt hatte.

So lassen sich noch aus den ersten 50 Jahren nach Erfindung der Buchdruckerkunst an 250 Druckorte mit ungefähr 1000 Druckereien nachweisen, aus welchen in jenem Zeitraum über 22,000 Auflagen hervorgegangen sind. Die Auflage zu 300 Exemplaren angenommen, ergibt (bei 300 jährlichen Arbeitstagen) bis zum Schluss des 15. Jahrhunderts bereits über 6½ Millionen in Europa verbreitete Druckwerke (also durchschnittlich 130,000 im Jahr), gewiss ein grossartiger Erfolg, wenn man berücksichtigt, wie viele Jahre mühseliger Schreiberarbeit z. B. nur eine einzige Bibelabschrift erforderte.

Wie schon bemerkt, endet mit dem Erscheinen seines Katholikon-Druckes die Kenntnis von Gutenbergs technischem Wirken in Mainz. Ueber seine sonstigen Lebensverhältnisse daselbst ist auch nur wenig Zuverlässiges bekannt. Neben dem Verkehr mit seinem ausgedehnten Verwandtenkreis und dem ihm geneigten Dr. Humery, unterhielt er hier, wie es scheint, vorwiegend gesellschaftliche Beziehungen zur Geistlichkeit. Namentlich dürfte ihm der Pfarrer von St. Christoph, Peter Günther — einer seiner Abgesandten zur Eidesleistung Fust's — nahegestanden und vielleicht sogar bei der Abfassung der erhabenen Schlussschrift des Katholikons, was ihren theologischen Inhalt und den lateinischen Text betrifft, geholfen haben. Nach der Zimmern'schen Chronik wohnte Gutenberg auch nahe bei diesem Geistlichen, denn die in der Mainzer Stadtbibliothek befindliche Abschrift jener bis 1555 reichenden Chronik über die Mainzer Erzbischöfe, verfasst von dem Grafen Werner Wilhelm von Zimmern (1485—1575), enthält den Eintrag:

›Under der Regierung dieses Erzbischofs (Graf Theodorich von Erbach) wardt erstlich die Edel Kunst der Buchtruckherei zu Maintz in der stadt erfunden durch einen habhaften reichen Bürger daselbst Hannes Gudenberger genannt, der alle seine güter und vermögen darauff wenden that, bis er es zu wegen bracht‹ und daneben den Beisatz (von derselben Hand):

›Hans Gudenberg wohnt in der Algesheimer Bursch‹ (bursa). ›Zum Algesheimer‹ hiess aber damals ein geräumiges Gebäude nebst Hofraum dicht hinter der Christophskirche. Im 14. Jahrhundert Familienhaus des gleichnamigen Patriziergeschlechts, wurde der Algesheimer Hof nach der Eroberung der Stadt durch

Adolf dessen Anhänger Ludwig von Lichtenberg auf Lebenszeit als Burglehn überlassen, und fiel hierauf an Kurfürst Diether, der ihn im Jahre 1478 seiner Universität zu einer Burse überwies. Diese Burse war ein Konvikt mit Vorlesungssaal für die Hochschule. Im Jahre 1562 erhielten die in die Stadt aufgenommenen Jesuiten den Hof von Kurfürst Daniel zur Benützung, 1726 liessen sie ihn umbauen; jetzt liegt er, als Haus Nummer 3, Ecke der hinteren Christophsgasse gegenüber dem Invalidenhause. Ausser mit dem Christophspfarrer verkehrte ›Gutenberg auch in dem St. Viktorstift. Dort erscheint er sowohl als weltlicher Zeuge, wie als Mitglied der Bruderschaft dieses Stiftes. Nach einem Notariatsakte Ulrich Helmaspergers vom 21. Juni 1457 verkaufte nämlich Dyelnhenne, Einwohner von Bodenheim, das Schlüssel'sche Gut daselbst an Johann Gensfleisch den jüngern und bekennt, dass davon jährlich eine Korngülte von 30 Malter an das St. Viktorstift müsse gereicht werden. Bei dieser Veranlassung wurde auch ›Johann Gudenberg‹ neben drei Stifts-Vikaren als Zeuge ›besonders gerufen und gebeten.‹

Das Kollegiat- oder Ritterstift zu St. Viktor, auf der Anhöhe oberhalb des Pfarrdorfes Weisenau bei Mainz gelegen (von 1539–1552 hatte dort Franz Behem seine Druckerei), war zugleich Sitz der St. Viktorsbruderschaft, welcher auch ›Hengin Gudenberg civis Mog.‹ (= Mainzer Bürger) nach dem Bruderschaftsbuch angehörte. Ihrer, am 26. April 1384 (und 9. Oktober 1494 wiederholt) erneuten, Satzung gemäss, hatte jedes Mitglied bei seinem Eintritt drei Groschen und ein Pfund Wachs (für Kerzen) abzuliefern und sich zu verpflichten, jährlich viermal in der Stiftskirche eine Messe zu hören. Ferner wurde wörtlich bestimmt:

›Jedes Mitglied beiderlei Geschlechtes, welches bei einer der erwähnten Messen vor der Opferung da ist und seine Gabe

auf den Altar legt, soll von Seiten der Bruderschaft ein Weiss-
brod erhalten, deren vierzig aus einem Malter Walzen gebacken
werden, und wenn eins von ihnen durch eine schwere und
ernstere Krankheit verhindert sein sollte, so soll es auf gleiche
Weise sein Brod erhalten, als wenn es gegenwärtig wäre, wenn
es nur seine Gabe zum Altare hinschickt und alles dies soll
durch die derzeitigen Vorsteher der Bruderschaft besorgt werden«.
Ebenso ist festgesetzt, dass bei dem Tode irgend eines Bruders
oder einer Schwester ein jedes Mitglied, welches Priester und
nicht verhindert ist, für dessen Seelenruhe drei Messen lesen
soll, nämlich eine am Jahrestag, die zweite am 7., die dritte am
30. Tage des Todes. Wenn er es aber nicht könnte und er eine
derselben vernachlässigt hätte, dann soll er statt jeder nicht
gelesenen Messe drei Heller den derzeitigen Vorstehern der
Bruderschaft geben, welche sie für das Seelenheil des Verstorbenen zum Nutzen der Bruderschaft verwenden sollen.

Ebenso soll jedes andere Mitglied beiderlei Geschlechts
einen Solidus (= Schilling) statt der vorerwähnten drei Messen
geben, welcher durch die derzeitigen Vorsteher der Bruder-
schaftskasse für das Seelenheil des verstorbenen Bruders verwendet werden soll.

Feierlichkeiten bei der Aufnahme der Brüder und Schwestern:
Es ist zu beachten, dass nach der vorstehenden Ordnung die
Mitglieder beiderlei Geschlechts in die Bruderschaft durch die
derzeitigen Vorsteher aufzunehmen sind:

Unsere Hülfe ist im Namen des Herrn (Resp.), der Himmel und Erde erschaffen hat. Psalm: Es möge Dich der Herr
erhören am Tage der Trübsal u. s. w.

Lasset uns beten: O, Gott, der Du durch den Mund
Deines Knechtes David Allen, die ein frommes Leben führen,
verkündet hast: siehe wie gut und lieblich ist es, wenn Brüder

einträchtig zusammen wohnen, nimm auf unsere demütigen Bitten
für diesen Deinen getreuen Diener, welcher in der Gemeinschaft
unserer Bruderschaft lebt, und damit er in dem Berufe, zu dem
er berufen ist, standhaft bleibe, gieb, dass er von ganzem Herzen
und mit ganzer Seele Dich den allmächtigen Gott mehr als sich
selbst mit inbrünstiger Hingabe lieben und seine Nächsten wie
sich selbst lieben möge, und dass in ihm der Geist der Liebe
Gottes und des Nächsten eingegossen und zu einer Quelle
lebendigen Wassers werde, welche in das ewige Leben hinüber-
fliesst. Amen.

O, Gott, der Du die Demütigen heimsuchst und uns durch
brüderliche Heimsuchung tröstest, verleihe unserer Gemeinschaft
Deine Gnade, dass wir durch Diejenigen, in welchen Du wohnest,
Deine Ankunft fühlen. O, Gott, der Du durch das kostbare
Blut Deines Sohnes die Erde mit dem Himmel verbunden hast,
entzünde in unserem Herzen die Flamme der Gottes- und
Nächstenliebe, auf dass wir den alten Menschen ausziehen und,
einen neuen Lebenswandel führend, gewürdigt werden an den
Freuden der ewigen Glückseligkeit teilzunehmen, durch den-
selben Jesum Christum unseren Herrn, Deinen Sohn, der mit
Dir lebt und regiert in Ewigkeit des heiligen Geistes, Gott von
Ewigkeit zu Ewigkeit. Amen.

Der Herr sei mit Euch und mit Deinem Geiste.

Lasset uns beten: Der Segen Gottes, des Vaters, des
Sohnes und des heiligen Geistes komme auf Euch herab und
bleibe allezeit. Amen.‹ ⸱⸱⸱

Wann Gutenberg in die Bruderschaft aufgenommen wurde
und wie lange er derselben angehörte, ist nicht näher aufgezeichnet, dagegen steht fest, dass sein Verehrer, der Rechtslehrer
Jvo Wittig († 1507), welcher dem Erfinder im Hofe zum Gutenberg einen Denkstein setzen liess, Siegelbewahrer der Bruder-

schaft war und daher für seine Würdigung des Meisters aus
bester Quelle schöpfen konnte. Zudem besass die Bibliothek
des St. Viktorstifts nicht weniger als 4 Exemplare des Breviers
von 1457, dort konnte also auch der wahre Erfinder nicht
zweifelhaft sein.

Durch den Brand und die Plünderung von Mainz im Jahre
1462 war Gutenberg in seiner Erwerbsthätigkeit wie in seinem
Hauswesen sicher stark beeinträchtigt worden, und schwere
Sorgen mögen damals den Vielgeprüften wieder heimgesucht
haben. Um diese Zeit war es, dass der Erzbischof Adolf sich
des gealterten Mannes annahm und ihn, wahrscheinlich auch in
Rücksicht auf seine Erfindung und Bedrängnis, zum kurfürst-
lichen Hofdienstmann ernannte. Ueber die ›Dienstmannschaft‹,
zu welcher Gutenberg durch diese Ernennung nunmehr gehörte,
sagt Hegel in seiner ›Verfassungsgeschichte von Mainz im
Mittelalter‹ (Leipzig 1882): ›Es ist, so viel ich weiss, noch
wenig bekannt, in welcher Gestalt das Verhältnis der Dienstmannschaft von geistlichen und weltlichen Herren sich noch
im 15. Jahrhundert fortsetzte, nachdem schon seit dem 13. der
ursprüngliche Unterschied der Ministerialen und der freien
Vasallen durch die Vereinigung beider im Ritterstande, als
milites, zurückgetreten und nach und nach auch die Beschrän-
kungen des persönlichen Rechts, welche den Dienstleuten an-
hafteten, weggefallen waren. Auch einzelne Bürger der Städte
wurden der Ehre wie der Vorzüge des Herrendienstes teilhaftig:
wir finden sie im 12. Jahrhundert als Ministerialen, im 13. als
milites, das ist Ritterbürtige und Bürgerritter.

In späterer Zeit bestanden die alten Ministerialämter des
Marschalls, des Truchsess, des Schenks, des Kämmerers, als
Oberhofämter mit gewissen Ehrenrechten und Ehrendiensten
in erblichem Besitz adeliger oder ritterschaftlicher Häuser fort;

der eigentliche Dienst für Hof und Regierung der Fürsten aber wurde durch besoldete Beamte, Hofbeamte, nachmals Staatsbeamte, versehen. Gewissermassen eine Zwischen- und Uebergangsstufe bildet das Verhältnis der Dienstmannschaft, dem wir im Erzstift Mainz im 15. Jahrhundert begegnen. . . . Die Rechte und Ehren der Dienstmannschaft wurden Personen verliehen, deren Vorfahren bereits Dienstleute des Stifts gewesen, auf's Neue für sie und ihre Leibeserben bestätigt, anderen zum erstenmal aus besonderer Gunst und Gnade verliehen: In beiden Fällen sind es Angehörige von bekannten alten Bürgergeschlechtern. Fragen wir, worin denn die Rechte und Pflichten der Dienstmannschaft zur Zeit noch bestanden haben, so findet sich in Ansehung der ersteren nur das eine hervorgehoben, dass die Dienstleute des Stifts nach alter Gewohnheit ihren Gerichtsstand allein vor dem Erzbischof oder seinem Stellvertreter haben, dass kein andres geistliches oder weltliches Gericht sie mit Beschlagnahme von Leib oder Gut oder auf andere Weise belangen darf. Besondere Dienste und Pflichten scheinen ihnen dagegen nicht obzuliegen, sondern nur im allgemeinen haben sie dem Erzbischof zu schwören, dass sie ihm treu und gehorsam sein, ihn vor Schaden warnen und sein Bestes fördern wollen, wie es einem Dienstmann gegen seinen Herrn gebührt. Also auf der einen Seite der privilegierte Gerichtsstand, auf der anderen ein besonderer Dienst- und Gehorsamkeitseid waren, wie es scheint, die alleinigen Ueberbleibsel der Ministerialität . . .‹

Gutenberg blieb daher in seiner neuen Stellung nicht nur von jeder eigentlichen Dienstleistung befreit, er blieb auch geschützt gegen jede ›Beschlagnahme von Leib und Gut‹ durch seine Gläubiger und konnte seinen Lebensabend in Ruhe be-

Die Bestallungsurkunde vom 18. Januar 1465 lautet:

›Wir Adolf u. s. w. betonen und thun mit diesem Brief öffentlich kund, dass wir – in Anbetracht der Dienste, die unser lieber, getreuer Johann Gutenberg uns und unserem Stift geleistet und in Zukunft noch leisten wird — aus besonderer Gnade ihn zu unserem Diener und Hofgesinde angenommen haben. Wir wollen ihm auch solchen Dienst so lange er lebt nicht kündigen, und damit er ihn desto besser versehen möge, wollen wir ihn alljährlich gleich unseren Edeln kleiden und unsere Hofkleidung geben lassen, und alljährlich zwanzig Malter Korns und zwei Fuder Weins — zum Gebrauche seines Hauses, doch (unter Beding), dass er sie weder verkaufe noch ausschenke — frei, ohne An-, Lager- und Wegegeld, in unsere Stadt Mainz eingehen lassen; ihm auch so lange er lebt und unser Diener ist und bleibt von allen Wach- und Folgediensten, Schatzungen u. s. w., die wir unseren anderen Bürgern und Einwohnern unserer Stadt Mainz aufgelegt haben oder nachmals auflegen werden, gnädigst erlassen. Und hat uns darüber der genannte Johann Gutenberg in Treue gelobt und einen leiblichen Eid zu den Heiligen geschworen: uns getreu und hold zu sein, unseren Schaden abzuwehren, unser Bestes zu fördern, und Alles das zu thun, was ein getreuer Diener seines Herrn zu thun schuldig, verbunden und verpflichtet ist.

Alle obenbeschriebenen Stücke, Punkte und Artikel versprechen wir in guter wahrer Treue kraft dieses Briefes standhaft und unverbrüchlich zu halten, nichts dawider zu thun oder auf irgend eine Weise zuzulassen u. s. w.

Zur Beurkundung dessen haben wir diesem Briefe unser Siegel anhängen lassen, der ausgestellt ist zu Eltvil am Donnerstag nach dem heiligen Antonius im Jahre des Herrn tausendvierhundert und fünfundsechzig.‹

Also jährlich ein Kleid, zwanzig Malter Korn und zwei Fuder
Wein, damit musste sich der Schöpfer eines Werkes begnügen,
dessen Fortsetzung seine Nachfolger um ungezählte Millionen
bereichert hat, und nicht etwa als berechtigte Forderung erhielt
er für seine gewaltigen Mühen und Opfer diesen kärglichen Ersatz, sondern als zufälliges Geschenk auf dem Gnadenwege. —
Adolf residierte in Eltville am Rhein, weil er in Mainz
seit seinem Ueberfall sich nicht sicher genug fühlte — und
in Eltville, zwei Stunden stromabwärts von Mainz, lebten auch
die Mainzer Heinrich und Nikolaus Bechtermünze, mit welchen
Gutenberg entfernt verwandt war. Dort scheint Gutenberg nun
seine letzten Tage verbracht zu haben, wenn er vielleicht auch in
Mainz seinen festen Wohnsitz behielt, worauf die ihm von Adolf
ausdrücklich gewährte freie Einfuhr des zu seinem Hausgebrauch
bestimmten Weines deutet. Dagegen wurden die Katholikon-
Typen nach Eltville gebracht und von den Brüdern Bechtermünze, wohl unter Anleitung des Meisters, zu Druckwerken benutzt. Heinrich Bechtermünze, der ältere Bruder, erscheint 1442
als Mainzer Schöffe, er war mit Grethe von Schwalbach verheiratet und von seinen zwei Kindern, Johann und Else, wurde
Else 1464 einem Verwandten Gutenbergs, Jakob von Sorgenloch,
genannt Gensfleisch (÷ 9. Juni 1478) vermählt und Junker Johann
1471 Bürgermeister von Eltville. Noch vor Gutenberg, am
13. Juli 1467, starb Heinrich Bechtermünze, und Ende Februar
1468 weilte auch der unsterbliche Erfinder der ›göttlichen Kunst‹
nicht mehr unter den Lebenden. Sein Todestag ist ebenso unbekannt geblieben, wie der Tag seiner Geburt. Dass die Bechtermünze Gutenbergs Druckmaterial aber nur mit Erlaubnis
von Dr. Humery im Niessbrauch hatten und nach Gutenbergs
Tod wieder an diesen ausliefern mussten, beweist die folgende
Bescheinigung vom 26. Februar 1468:

›Ich Conrad Homerlj, Doctor (in geistlichen Rechten),
bekenne mit diesem Brief, dass der hochwürdige Fürst, mein
gnädiger lieber Herr, Herr Adolf, Erzbischof zu Mainz, mir
etliche Formen, Buchstaben, Instrumente, Werkzeuge (gezauwe)
und anderes zum Druckwerk Gehörende, das Johann Gutenberg nach seinem Tode hinterlassen hat und meins gewesen
und noch ist, gnädigst hat verabfolgen lassen; dass ich dagegen
— Seiner Gnaden zu Ehren und Gefallen — mich verpflichtet
habe und mit diesem Brief verpflichte: wäre es, dass ich besagte
Formen, Werkzeuge (gezeuge) zu drucken gebrauchen werde,
jetzt oder nachher, ich das tun will und werde binnen der Stadt
Mainz und nirgends anderswo; desgleichen wenn ich sie ver-
kaufen und mir ein Bürger ebensoviel dafür geben wollte wie
ein Fremder, so will und werde ich es dem eingesessenen
Bürger zu Mainz vor allen Fremden gönnen und verabfolgen
lassen; — und habe zur Beurkundung alles dessen mein Siegel
(Sekret) zu Ende dieser Schrift abgedruckt, die gegeben ist im
Jahre der Geburt Christi unseres Herrn 1468, am Freitag nach
dem heiligen ›Mathijs dag.‹

Somit wurde das in Gutenbergs Nachlass vorgefundene
Druckgerät vom Erzbischof, in dessen Hofbezirk es sich befand,
nur unter der Bedingung an Dr. Humery ausgeliefert, dass es
in Mainz gebraucht werde, oder dass einem Mainzer das Vor-
kaufsrecht gewahrt bleibe.

Und Gutenberg, da ihm der Tod die Typen aus der Hand
nahm, hinterliess nicht einmal diese als sein Eigentum, er hinterliess einzig den unvergänglichen Ruhm seiner Erfindung. Aus
der glaubwürdigen Mitteilung seines Verwandten Adam Gelthus um das Jahr 1499, geht hervor, dass Gutenbergs sterbliche
Hülle in der Franziskanerkirche zu Mainz beigesetzt worden ist.
Diese Kirche, 1253 erbaut und bis 1577 nebst dem anstossen-

den Klostergebäude von den Franziskanern benutzt, lag gegenüber dem Universitätsgebäude (jetzt der höheren Mädchenschule) in der alten Universitätsgasse über die Schöfferstrasse hinaus nach dem Theater zu. Seit 1577 den Jesuiten eingeräumt, hiess sie fortan Jesuitenkirche, wurde 1742 abgerissen, 1746 neu erbaut, 1793 durch die Beschiessung der Stadt in Brand gesteckt und in den Jahren 1809 16 gänzlich abgetragen.

Von Gutenbergs äusserer Erscheinung ist kein Bild aus seiner Lebenszeit bekannt, es soll aber ein solches gegeben haben und nach ihm das älteste bekannte Porträt des Meisters gemalt worden sein, welches 1870 mit der Strassburger Biblio-

Siegel des Friele Gensfleisch.
(Nach Köhler.)

Angebliches Siegel des Johann Gutenberg.
(Nach Lempertz.)

thek verbrannte. Dieses Porträt*) — die Mainzer Stadtbibliothek besitzt seit 1832 eine gute Kopie desselben — diente vielen späteren Gutenberg-Köpfen zum Vorbild und auch Thorwaldsen benutzte es, als er die Statue für Mainz modellierte. Das Familien-Wappen der Gensfleisch und zugleich Gutenbergs angebliches Siegel zeigt einen schreitenden Pilger in kurzem Rock. Auf dem Rücken trägt er einen Mantel und in der Linken einen Stab, während die Rechte eine Schale emporhält. Der Kopf ist mit einer Kapuzinerkappe bedeckt und die Tracht wahrscheinlich die der Schottenpilger, welche um 920 in Mainz eine Kirche bei

*) Siehe das Titelbild.

Alten-Münster hatten. Mit des Erfinders Pilgerfahrt durch's Leben stimmt dieses Wappenbild merkwürdig überein. —

So stellt Gutenberg in seinem Wesen und Wirken sich dar, nicht als idealer Schwärmer, wie ihn so oft die Dichtung gefeiert, sondern als Mann der praktischen That, energievoll und zielbewusst am Werke, bis er es vollbracht. Unermüdlich für seine geheimnisvolle Kunst thätig, verstand er es zur Ausführung seiner technischen Pläne die nötigen Geldmittel und Mitarbeiter zu gewinnen, und wenn er trotzdem im Kampf gegen Habsucht und Neid, List und Unverstand, um die Früchte seiner Erfindung kam, so blieb ihm doch, selbst verarmt und verlassen, das Bewusstsein des Rechts und die vornehme Gesinnung, so bleibt ihm doch für alle Zeit »Jedes gedruckte Wort ein Denkmal des Ruhms.«

Gutenbergs Werk.

Das Drucken vor Erfindung der Typographie. Wesen und Bedeutung der Buchdruckerkunst nach den ältesten Zeugnissen 1450—1500. Die Typenbildung. Der Satz und der Druck. Gutenbergs Drucke und Druckhaus. Seine Genossen und Schüler.

⁂

> ·Der zum Kindermund sich neiget,
> Und mit Sprache ihn beseelt,
> Oftmals dem Geringen zeiget,
> Was dem Weisen er verhehlt,
> Würdigte vor allen Landen
> Mainz, des deutschen Reiches Schmuck,
> Dass in ihm zuerst erstanden
> Wunderbar der Lettern Druck.·
>
> Nach Gutenbergs Schlussschrift im ·Katholikon· 1460.

⁂

GUTENBERG erfand nicht das Drucken, sondern die Kunst des Buchdrucks mit beweglichen gegossenen Metalltypen, oder die Typographie. Gedruckt haben schon ein halbes Jahrtausend vor ihm die Chinesen, (wie z. B. den gewaltigen Buddhakanon vom Jahre 972), und gedruckt haben auch schon vor Gutenberg die Deutschen. Aber diese Drucke waren Blockbücher oder Holztafeldrucke, nicht durch die Presse, sondern mittelst des Reibers und ohne Typen hergestellt, also Bürstenabzüge von Holzplatten.

Seit der Entstehung des Holzschnittes in Deutschland gegen
Ende des 14. Jahrhunderts — 1398 findet sich bereits in Ulm
ein Formschneider Ulrich — wurden Bilder und Text in ein-
zelne Holzplatten geschnitten und von letzteren dann zahlreiche
Abzüge genommen. Da sich das Typenbild hierbei tief in das
Papier einprägte, konnte anfänglich nur die eine Seite bedruckt
werden und die freigebliebenen Rückseiten wurden häufig nun
zusammengeklebt und zu einem Buche vereinigt. Auf solche
Art entstand u. a. die im Mittelalter vielverbreitete Armenbibel
(Biblia pauperum), die bis zu 50 Darstellungen anwuchs. Von
Büchern, die als Holztafeldrucke ohne Abbildungen entstanden
sind, ist das bekannteste ein, ›Donat‹ genanntes, Schulbuch
(ein kurzer Auszug aus der Sprachlehre des römischen Gram-
matikers Älius Donatus). Noch lange nach Erfindung der
Typographie bediente man sich der Holztafeln, und sogar doppel-
seitige Tafeldrucke sind aus der Mitte des 15. Jahrhunderts
bekannt.

Aber auch den Druck mit beweglichen Wortbildern (aus
gebranntem Thon) soll bereits zwischen 1041—1049 ein Schmied,
Piching, in China ersonnen haben. Auf den Holzblock, in
welchen die Chinesen ihre Wortbilder erhaben einschneiden,
habe Piching, so heisst es, mit einem breiten Pinsel eine ziem-
lich flüssige Farbe aufgetragen, sodann das Papier aufgelegt und
mit einer kurzhaarigen, weichen Bürste überrieben, seine Wortbilder aber seien nach seinem Tode verschwunden und seine
Druckmethode wäre in Vergessenheit geraten.

Die Babylonier, Aegypter, Griechen und Römer gebrauchten
Buchstabenstempel zu inschriftlichen Zwecken, und reiche Römer
gaben ihren Kindern aus Elfenbein oder Metall erzeugte Alpha-
bete zur Erleichterung des Lesenlernens. Ein auf diese einzelnen Buchstaben und ihre Zusammensetzbarkeit bezüglicher

... ie vnd in welicher weis vnd form die fünfftzehen zaichen
kömen vor dem Jüngsten tag, wil ich hienach sagen. Durch
grosser grundlose parmhertzigkait vnd überflüssiger liebin wille
die der allmechtig got zu allen menschen hat. So hat er gar di=
niemer vnd gemacht. Das dis nachgeschriben fünfftzehen zaichen ge=
schehen süllen vor dem Jüngsten tag, nach dem vnd das auch die let=
er beschreiben. Also das alle clement vnd geschepffe, von puterlich,
er angst vnd forcht wegen, das künfftigen Jüngsten gerichtes. Vnd
des gestrengen richters zukunfft, allen menschen die zu der zeit im
leben sein zu ainer warnung. Das sy auch pillich vorcht haben
süllen, vnd er sünnd vnd missetat püssen. Auch rew vnd laid das
über empfahen. Vnd das, so we güte werck mit spaten süllen
selb gestrenng gericht. So vil sünd offenbar werden, vnd nach der
gerechtigkait gericht werden. Warumb doch laider zufürichten ist, ...

Der »Entkrist«. Holztafeldruck eines unbekannten Briefdruckers um 1450.

(Aus den Druckschriften des XV.—XVIII. Jahrhunderts der deutschen Reichsdruckerei.)

Ausspruch Cicero's deutet schon auf das Princip des Typensatzes hin. Die ihrem Wortlaute nach wenig bekannte Stelle findet sich in dem Buche »Über das Wesen der Götter«, wo Cicero ausruft: »Muss ich nicht staunen, wenn Jemand sich einbildet, eine Anzahl fester und unteilbarer Körper würde durch Schwerkraft zusammengehalten, und diese bildeten durch ihr zufälliges Zusammentreffen eine harmonisch eingerichtete Welt!

Wer so etwas annimmt, von dem begreife ich nicht, warum er nicht auch glauben sollte, dass, wenn man 21 Buchstaben aus Gold oder einem anderen Stoffe in ungeheurer Zahl zusammenthäte und auf den Boden ausschüttete, dieselben in der Weise hinfielen, dass die Annalen des Ennius herauszulesen wären; ich wenigstens bezweifle, dass der Zufall auch nur mit einem einzigen Verse solches zu bewirken im Stande wäre.«

Im Mittelalter bedienten sich die Illuminatoren (= Bilder-Ausmaler) der Stempel, um goldene, silberne und selbst schwarze Initialen in die Bücher einzubrennen, doch sowol der Stempeldruck wie die Patronen-Formenmalerei waren mühsam und nicht geeignet, das Schreiben zu verdrängen. Dem nach den Kreuzzügen regeren Geistesleben im Abendlande mit seinen neugegründeten Hochschulen und seinem erhöhten Handelsverkehr genügte jedoch nicht mehr die Tätigkeit der bücherabschreibenden Mönche, es entstanden neben ihnen die Briefmaler und Kartenmacher, aus welchen wiederum, zu Beginn des 13. Jahrhunderts, die Formschneider und Briefdrucker (Drucker kurzer Schriften) hervorgegangen sind. Die Spielkarten kamen vermutlich durch die Sarazenen nach Europa und waren schon im 14. Jahrhundert über Frankreich, Italien und Deutschland verbreitet, und namentlich die Geistlichkeit bewog damals die Kartenmacher auch Heiligenbilder anzufertigen. Für den Form- und Metallschneider blieb es dabei unwesentlich,

ob er mit dem Messer und Grabstichel nur irgend eine Figur
oder irgend ein Wort auszuschneiden hatte, und wenn er bei
einem kunstvoll geformten Engelskopf noch ein frommes Sprüch-
lein als Umschrift ausschnitt, bestand darin technisch kein Unterschied. Daher druckten die Formschneider allmählich auch
Bilderbücher mit geschnittenem Text (Blockbücher), und zuletzt
kleine Schul- und Volksbücher ohne Bilder.

Alle diese Verfahren zur mechanischen Vervielfältigung
von Bild und Wort bezeichnen gegenüber der Schrift keinen
Fortschritt, ihnen fehlt als Hauptsache die Beweglichkeit, welche
die Typographie besitzt und worin das Eigenartige, ja Geniale
ihrer Erfindung be-
steht. Der Druck
also, und selbst
der einfache Buch-
druck, brauchte um
die Mitte des 15.
Jahrhunderts nicht

Buchschrift des XV. Jahrhunderts. (Nach dem Original.)

mehr erfunden zu
werden, die weltumspannende Kulturmacht des Buchdrucks liegt
einzig in der Erfindung Gutenbergs, in der Typographie.

Das Wesen und die Bedeutung der Typographie wurden
schon bald nach ihrer Erfindung vollkommen erkannt und gewürdigt. Ausser in der Schlussschrift von Gutenbergs Katholikon, wo es heisst: nicht mit dem Rohr, dem Griffel oder der
Feder, sondern durch der Formen und Patronen wunderbares
Zusammenwirken sei das Werk geglückt, ist noch eine ganze
Anzahl ähnlicher Ausserungen von Fachleuten und Gelehrten aus
der Frühzeit der Typographie überliefert. G. Meermann hat
im vorigen Jahrhundert die meisten (97) Originalstellen gesammelt
(Origines typographiae Band II. Haag 1765) und einige davon

mögen hier, zum Teil in von der Linde's Uebersetzung, eine Stelle finden:

1.

›Eine kunstreiche Erfindung ohne irgend einen Gebrauch der Feder Lettern zu bilden und (Bücher) zu drucken.‹

Aus der Schlussschrift des Psalteriums, gedruckt von Johann Fust und Peter Schöffer zu Mainz, vom 14. August 1457.

2.

›Nicht mit [Hilfe von Griffel oder Feder, sondern durch eine neue und künstliche Erfindung hergestellt.‹

Aus der Schlussschrift eines Auszugs aus dem Katholikon: (— Vocabularius ex quo), gedruckt von Heinrich und Niklaus Bechtermünze und Wigand Spiess von Ortenberg zu Eltville den 4. November 1467 (und 5. Juni 1469).

3.

›Gedruckt mit Lettern, die mit (Stempeln) vorher eingeschlagen und sodann gegossen worden sind.‹

Bernardo Cennini, Florenz 1471.

4.

›Dieses Buch hat mit grossem Fleiss geschnitten‹. Der Typograph Friedrich Creussner in Nürnberg (1473), welcher demnach sein eigener Stempelschneider war.

5.

Am Schlusse eines Druckwerkes von Leonhard Achates (Agtstein) von Basel wird, in drei Distichen, der Welt, und speziell den anderen Buchdruckern, verkündet, dass zur Herstellung dieses Werkes, Leonardus, welcher seiner Vaterstadt Basel nicht wenig Ehre mache, den tausendsten Stempel ge-

schnitten habe. Er vergleicht seine Formen mit Phidias Elfen-
beinschnitzereien. Padua 1473.

6.

»Gemacht nicht mit der Feder, sondern mit Metalltypen.«
Johann Zainer, Ulm 1474.

7.

»Gedruckt mit künstlich aus Metall geschnittenen Lettern.«
Georg Hussner, Strassburg 1476.

8.

»Mit Lettern gedruckt, die mit göttlicher Kunst geschnitten
und gegossen worden sind.«
Nic. Jenson, Venedig † 1480.

9.

»Die Künstler werden mit wunderbarer Schnelligkeit un-
gewöhnlich scharfsinnig, und die Buchdrucker vervielfältigen
sich auf der Erde.«
Werner Rolevinck von Laar in seinem Fasciculus temporum
(Weltchronik) zum Jahre 1457. Strassburg 1481.

10.

»Dass Du aber nicht glaubst, ich sei überhaupt ein armer
Teufel, so habe ich mir vorgenommen, etliche von den Büchern
zu kaufen, die man jetzt ohne Mühe und ohne Schreibzeug,
nur durch bestimmte Formen derart bildet, dass man glauben
kann, sie seien aus der Hand des geschicktesten Abschreibers
hervorgegangen.«
Francesco Filelfo (1398—1480) in einem Brief an Nicodemo
Franchedino, Mailand den 25. Juli 1470.

11.

»Er, den Du liesest so lange gedruckt in Erz, der Charakter,
Bleibet, wenn nicht der Tod dringt oder schweres Geschick.
Er wird als glänzende Zier nie fehlen der ew'gen Cremona,
Phidias Elfenbein selbst Bartholomäus beslegt.
Weichet, ihr Drucker in Erz, eu'r Bild ist tausendgestaldg,
Doch die Seiten in Erz drucket Jener allein.«
    Anonymes Hexastichon auf den Cremoneser Buchdrucker
Bartholomäus, in dessen Virgilausgabe 1472.

12.

    Eine Lobrede von Archangelo de Andegari an den Erz-
bischof von Mailand, E. Nardinus, 1474. Der edle Priester
(nach dem noch jetzt eine Strasse degl'Andegari heisst), erklärt,
dass Christus der Herr die neue Kunst aus dem Himmel auf
die Erde gesandt hat.

13.

    »Du weisst ja, dass in unserer Zeit an's Licht getreten ist
die bekannte Kunst des Buchdrucks, eine wahrhaft nutzbringende
und gar schöne Kunst. Denn Abschriften von Büchern sich zu
verschaffen, ist wegen der schwierigen Preis- und Geldver-
hältnisse für Jedermann nicht gerade leicht. Aber wenn das
auch, Gott sei Dank, für Dich kein Hindernis ausmacht, so
musst doch auch Du den Druck wegen seiner künstlerischen
Schönheit hochschätzen; und dann auch desshalb, weil dieser
Buchdruck, sobald er einmal richtig festgestellt, immer in derselben Weise durch alle Druckbogen fortschreitet, so dass
ein Fehler kaum möglich ist, eine Sache, mit der es bei dem
Abschreiben von Büchern bekanntlich ganz anders zu gehen
pflegt.« Bonus Accursius an Cicco Simoneta, Mailand den
5. Juni 1475.

Artes oronis quot sunt? octo.que? Nomen.prono
men.verbum.aduerbium.
partcipiu.coniucrio.pre
positio.interiectio. No
men quid est? Pars orationis cum casu. corpus aut
rem:pprie comuniterue significans. Pro
prie. ut roma tyberis. Comuniter. ut urbs
flumen. Nomini quot accidunt? Sex. que?
Qualitas. coparatio. genus. numerus. fi
gura casus. Qualitas noim in quo est? Bi
partita est. Quomo? aut em unius nomen
est et pprium dicit. aut multorum et est appel
latiuum. Comparationis gradus quot sunt?
tres. qui? Positiuus. ut doctus. Compara
tiuus ut doctior. Superlatiuus ut doctissi
mus. Que noia comparant? Appellatiua
duntaxat. qlitatem aut qntitatem significan
ria. qlitatem ut bonus malus. qntitatem ut
magnus paruus. Comparatiuus gradus cui
casui seruit? Ablatiuo utriusq3 numeri sine
prepositore. Quo? Dicimus em doctior illo
vel doctior illis. Suplatiuus cui? genitiuo
tm plurali vel collectiuo singulari. Quo?

Donat eines unbekannten Druckers. (Nach dem Original.)

14.

»Es gefiel aber dem allgütigen Gott, in unseren Tagen die Menschen eine neue Kunst zu lehren; die nämlich, dass durch den Druck mit Lettern die Vervielfältigung der Bücher möglichst erleichtert werde, so sehr, dass durch dreimonatliche Arbeit nur dreier Männer von dem vorliegenden Werke (des Papstes Gregor) über Moral dreihundert Exemplare durch den Druck hergestellt worden sind. Wollte Jemand mit seiner Hand und mit Kiel oder Feder dieselbe Zahl abschreiben, so würde wol auch ein dreifaches Menschenleben hierfür kaum ausreichen.«

Dominico de'Domenichi, Rom den 5. September 1475.

15.

›Ich bin eine Kunst, die jeder Kunst Krone ist,
Ich bin ein Geheimnis, jedem Rate verschlossen,
Ohne Rohr — und doch sind meine Charaktere lesbar,
Ohne Schreiber bin ich genau verbunden,
Auf einmal ist die Tinte über mich hingegangen,
Ohne Lineal ist die Schrift gerade gerichtet.
Ein Wunder über die Heldin Deborah hinaus:
Mit Schreibergriffel (Richter 5, 11) sang sie;
Hätte sie mich (wie) durch eine Ritze (?) vorausgesehen,
Auf ihr Haupt wäre ich gesetzt zum Kranz.‹

Hebräisches Lobgedicht 1475, in berichtigter Uebersetzung von J. Gildemeister, Bonn.

16.

›Wer auch immer mit ehernen Reih'n die Bogen zu färben
Anfing und herrlicher Art Zeichen prägte in Erz,
Wol ist entsprossen der Mann Merkurs und Minerva's Umarmung,
Aus ätherischem Geist ward er zur Erde gesenkt.
Nicht haben ihn der Ceres Sorgen noch auch Lyäus

In dem Sinne verwirrt, noch sonst irdischer Tand.
Und die Fülle der Bücher, die sonst den gier'gen Lateinern
Sparsam floss, durch ihn ward sie ein mächtiger Strom.
Was der schlaue Verleger für ungezählte Talente
Sonst nur gab, das verkauft jetzt er für weniges Geld.
Jetzt kommt Livius selbst zum Kauf, und in jeglicher Schule
Macht sich Plinius breit, Cicero auch und Vergil,
Und kein Werk — o der Kunst, die unsere Tage verherrlicht —
Birgt in heimlichem Schooss noch eine Bibliothek;
Was vordem nur ein König, ein Fürst nur selten beherbergt,
Hat jetzt ein jeglicher Mann u. s. w.‹

Hieronymus Bononius († 1517) in seinem der Terenz-
Ausgabe beigefügten Gedicht, Treviso 1477.

17.

›Ich habe Sorge getragen, dass es (das vorliegende Werk)
wieder bekannt werden und Dank der göttlichen neuesten Erfindung auch in vielen Exemplaren verbreitet werden kann;
ähnlich wie aus einer Rebe durch Setzlinge viele Rebstöcke
gezogen, und so ein ganzer Weinberg gewonnen wird.‹

Der Buchdrucker Johann Schall an den Fürsten von Mantua Federigo Gonzaga, Mantua 1479.

18.

›Wer zuerst lateinische Zeichen in Erz hat gestaltet,
Und uns die heilige Schrift lehrte zu schreiben in Erz,
Hat der nicht übertroffen die Kunst des gepriesenen Myron,
Phidias' Venus selbst und Parrhasius Zeus?
Er hat, glaube ich, auch des Dädalus Mühen bewältigt,
Er hat, glaube ich, auch Pallas Hände gehabt.‹

Quinto Aemiliano aus Vicenza, Venedig 1483.

Noch viele andere Wiegendrucke des 15. Jahrhunderts
(von denen über 16,000 in Hain's »Repertorium bibliographicum«
Stuttgart 1826 — 1838, und an 6,000 weitere in Copinger's
Supplement, London 1895, also zusammen bis jetzt ungefähr
22,000 Ausgaben verzeichnet sind) enthalten Lobpreisungen der
Typographie, die dort als »neue Kunst«, »Kunst der Künste«
und »Wissenschaft der Wissenschaften«, »allersubtilste Kunst«,
»heilige Kunst« und sogar »göttliche Kunst« erscheint.

Die Technik der Typographie bestand nach obigen Zeugnissen, und besteht heute noch in der Herstellung des Typensatzes und in dessen Abdruck. Die Typenbildung beginnt (nach
von der Linde's ausführlicher Beschreibung) mit der Anfertigung
eines Gegenstempels, einer sogenannten Punze. Für jeden Buchstaben nämlich, der einen Raum einschliesst, wird diese nicht
mit abgedruckte Vertiefung erhöht auf Stahl geschnitten. Eine
solche Punze wird einem weichen Stahlstäbchen eingeschlagen
und damit der Grundris der inneren Gestalt des Buchstabens
gegeben. Nach Einprägung der Punze schneidet und feilt der
Stempelschneider das umgebende Metall so lange weg, bis der
erhöhte Buchstabe, der Stempel, (oder die Patrize) fertig ist.
Der Stahl des Stempels wird sodann in Holzkohlenfeuer fast
weissglühend gemacht, durch Abkühlen in kaltem Wasser ge-
härtet und schliesslich gegen das Zerspringen auf einem rot-
glühenden Eisen gelb anlaufen gelassen. Hierauf wird er in
ein Stückchen gewalzten Kupfers eingeschlagen, und zwar auf
einer Flachseite, so dass nun eine Matrize, oder eingesenkte
Mutterform unzähliger Buchstaben, sich zeigt. Die Oberfläche
der Matrize muss genau geebnet und jede Seite rechtwinkelig
und dem eingeschlagenen Buchstaben parallel sein. Um Typen
gleicher Höhe zu erhalten, muss die Tiefe des Buchstabens,
wie seine seitliche Entfernung, in allen Matrizen einer gleichen

Schriftgattung durchaus übereinstimmen. Für jeden Buchstaben und für jedes Lesezeichen eines zusammengehörigen Alphabets wird ein eigener Stempel geschnitten und eine eigene Matrize geschlagen, für je einen Schriftgrad aber ist nur ein Giesswerkzeug nötig. Doch wie verschieden gestaltet auch sonst die Lettern sein mögen, eine Körpergrösse oder einen Kegel müssen sämmtliche Typen desselben Grades besitzen. Um

bei der verschiedenen Breite der Lettern überall die genaueste Gleichheit der Kegel zu erzielen, müssen sie sämmtlich in ein für alle Matrizen verwendbares Giessinstrument eines und desselben Kegels gegossen werden. Die Giessform besteht aus zwei fest zusammengeschraubten Hälften von Metall. Zu einer Schrift-Giesserei ge-

Schriftgiesser des XVII. Jahrhunderts.

hörten im vorigen Jahrhundert u. a. folgende Gerätschaften:

1. Der Schmelzofen mit einem Schmelztiegel für das Antimonium.

2. Ein eiserner Topf zum Schmelzen des Blei's und der Zusätze, wie Antimon, Zinn und Kupfer.

Diese Metalle bildeten schon im 15. Jahrh. die Bestandteile der gegossenen Typen, wie nachstehende Preisliste im Ausgabenbuch der Florentiner Klosterdruckerei (St. Jakob 1474—1483) ausweist:

Materiale	Preise
Stahl	2. 8. 0.
Metall (Antimon?)	11. 0.
Messing	12. 0.
Kupfer	6. 8.
Zinn	8. 0.
Blei	2. 4.
Eisendraht	8. 0.

Die Preise verstehen sich per Pfund und als Münze gilt die toskanische Lira.

Der Schriftgiesser. Holzschnitt von Jost Amman.
(Aus Schoppers Panoplia 1568.)

Stahl, Messing und Eisendraht dienten zur Herstellung der Stempel und Instrumente. 1476 kaufte genannte Druckerei von Johann Peters aus Mainz für 10 Goldgulden Matrizen zu einer römischen Schrift, und 1478 zahlte sie dem Goldschmied Benvenuto Cellini 110 Lire für die Stempel dreier Schriftgattungen, zweier römischen und einer gotischen.

3. Giesslöffel, um die geschmolzene Metallmasse zusammenzugiessen.

4. Der ummauerte Giessofen. An der hölzernen Tischplatte schöpfen zwei bis drei Schriftgiesser mit dem Giesslöffel das Metall aus dem eisernen Kessel. Ein Giessblech fängt dabei das überfliessende Metall auf.

5. Die Giessform. Beide Hälften bestehen aus einer gleichen Anzahl verschiedener Platten, von welchen eine tiefer, als die andere liegt. Sie werden aus Messing (jetzt Gusseisen oder

Stahl) gegossen und sind verstellbar für drei Grade der Lettern-
grösse. Bei Erklärung des Hauptinstrumentes, der Giessform,
bemerkt Hartwig (1771) ausdrücklich: ›Die erfordert schon
Mühe, wenn man das Werkzeug in der Werkstätte vor Augen
hat, wie vielmehr bey einer blossen Beschreybung.‹

6. Das Richtmaass; ein Winkelmaass aus Messing zur
Prüfung, ob die Typen genau rechtwinklig sind.

7. Das Justorium, mit winkelrechten Messingwänden, zur
Prüfung der Typenlänge.

8. Der Beseher, (jetzt von Stahl) zur Prüfung, ob die Typen
überall die gleiche Linie haben.

9. Ein eiserner, winkelrechter Klotz (1740 das Abziehe-
Klötzchen) zur Prüfung des Kegels der Typen.

10. Der Bestosshobel, um das Abbruchsende der Typen
auszugleichen.

11. Eine Type.

12. Der Winkelhaken. Die beiden Breitseiten der brauch-
baren Typen werden auf Sandstein abgeschliffen, sodann wird
eine Typenreihe in die Vertiefung des Winkelhakens gestellt,
durch eine viereckige Stange (das Schabeisen) zusammengehalten, und so eine schmale Seite und hierauf, in einem zweiten
Winkelhaken, die andere schmale Seite mit dem Messer ab-
geschabt.

13. Das Bestosszeug. Mit dem zweiten Winkelhaken setzt
der Schriftgiesser die Typen zwischen beide Bretter des Stoss-
zeuges, mit dem Abbruchsende nach oben, presst sie mit einem
Keil fest, und verwendet in dieser Lage den Bestosshobel.

14. Ein Stempel. 15. Eine Matrize. 16. Eine Punze.

Gleich den Buchstaben wird auch das im Abdruck nicht
sichtbare Material für den Schriftsatz gegossen, nämlich die
Spatien (— Zwischenräume), Gevierte und Quadrate zur Trennung

der einzelnen Wörter, Sätze und Absätze, und zwar etwas kürzer, als die zugehörigen Lettern. Dabei ist die grösste Genauigkeit im Verlauf der Typenbildung unerlässlich, weil sonst Verschiebungen und Ungleichheiten im Druck zu Tage treten, so dass es hier tatsächlich oft auf ein Haar ankommt, welches, in die Form geraten, die gegossene Type schon merklich verbreitert.

Auf den Guss der Typen folgt zunächst ihr Satz. Die Typen liegen in hölzernen Setzkasten mit etwa 110 Fächern für deutschen und 160 für Antiqua-Satz (Lateinisch, Französisch, Englisch etc.). Um orientalische Sprachen und Musiknoten zu setzen, sind Kasten mit noch grösserer Fächer-Zahl erforderlich. Der Setzkasten ruht, ungefähr in Brusthöhe, auf einem pultartig schrägen Gestell, das mit Fächern zum Einschieben der Kasten versehen ist. An einem auf dem Setzkasten eingestochenen Halter, dem Tenakel, ist in bequemer Sehweite das abzusetzende Manuskript durch eine Gabel (Divisorium) festgehalten.

Der Buchdrucker. Holzschnitt von Jost Amman.
(Aus Schoppers Panoplia 1568.)

Vor dem Gestell, (Regal) steht der Setzer und führt mit der rechten Hand die Lettern aus den Fächern in das Setzinstrument, welches seine Linke hält, den Winkelhaken. Derselbe ist von Metall, mit einer verschiebbaren Seitenwand zur Bestimmung der Zeilenlänge. Zur

Sicherung einer auf |diese Art gesetzten Zeile, wie als Unter-
lage einer neuen, wird die Setzlinie (aus Messingblech) gebraucht.

Nachdem der Winkelhaken mit Zeilen gefüllt ist, werden
dieselben ausgehoben und mit einem geschickten Handgriff auf
das Setzschiff gehoben, bis die zur Bildung einer Spalte oder
Seite (Kolumne), oder auch eines Packets, nötige Zeilenzahl
erreicht ist. Das Setzschiff besteht aus einem winkelrechten,
auf zwei oder drei Seiten mit einem erhabenen Rande ver-
sehenen, Brettchen, oder einer Zinkplatte. Ist genügender Satz
für eine Seite da, so wird dieselbe mit Bindfaden »ausgebunden«.
Der Abstand der Blattseiten von einander wird nach Entfernung
der Kolumnenschnur mit rechtwinkeligen Holzstegen, oder auch
mit systematischen Metallstegen, ausgefüllt und das Ganze in
zwei Gruppen zwischen eisernen Formrahmen so zusammen-
geschraubt oder eingekeilt, dass sich beim Einlegen in die Presse
kein Buchstabe mehr verrückt. Jeder Druckbogen brauchte
früher zwei solcher Formen, eine für die Schöndruck-, und
eine für die Kehrdruck-Seite. Der erste Abzug von den so
geschlossenen Formen ist der Korrekturabzug, in welchem der
Korrektor die Setzfehler verbessert, worauf dann der eigentliche
Druck beginnt. Das Papier wird dazu vorher gefeuchtet und
jede Form auf das Genaueste zugerichtet, damit nicht die ge-
ringste Unebenheit zwischen Typensatz und Maschine entsteht.
Zur Erzielung eines guten Druckes gehören namentlich auch
gute Walzen zum Verreiben und Auftragen der aus Leinölfirnis
und Russ bestehenden Druckerschwärze. Früher waren es
lederüberzogene Rosshaarballen, jetzt werden sie aus einer
Mischung von Leim und Sirup, oder aus Glycerin, Zucker und
Gelatine gegossen. Die hölzerne Handpresse, noch in diesem
Jahrhundert im Gebrauch und seit Gutenberg nicht wesentlich
geändert, setzt sich zusammen aus den Presswänden als Gestell

und einem sogenannten Karren, der mittels einer Handkurbel ausgefahren wird, um die Druckfarbe aufzutragen. Der Druck in der Presse erfolgt durch bogenweises Einlegen des Papiers, Zuklappen und Niederlegen von Rähmchen und Deckel, Einfahren des Karrens durch Drehung der Kurbel, Herüberziehen des Bengels, Wiederausfahren und Auslegen des gedruckten

Die Buchdruckerpresse auf J. Grünenbergs Randeinfassung. Holzschnitt nach Lucas Cranach. Wittenberg 1520. (Nach Butsch.)

Bogens, der dann zum Trocknen aufgehängt und hierauf in einer Glättpresse geglättet wird. Die Formen werden nach Gebrauch von der Druckfarbe gereinigt und die Typen durch den Setzer wieder in ihre bestimmten Fächer abgelegt. 250 bis 300 Bogen wurden früher in der Stunde einseitig mit der hölzernen Handpresse gedruckt, bis Friedrich Königs Schnellpresse zu Anfang dieses Jahrhunderts (der Druck der ›Times‹ geschah damit bereits am 28. November 1814) erstere allmählich verdrängt oder auf den Kleinbetrieb beschränkt hat.

So ungefähr, wie hier mitgeteilt, vollzog sich in früheren Zeiten und vollzieht sich zum Teil heute noch die praktische Ausübung der Erfindung Gutenbergs, und so auch muss, wenigstens der Hauptsache nach, schon die älteste Druckerei-Einrichtung und deren Betrieb gewesen sein.

Welches sind nun diejenigen Druckwerke, welche von Gutenberg selbst herrühren?

Als solche gelten bis jetzt:

1. Donate,
2. Ablassbriefe,
3. Die Mahnung wider die Türken,

4. Die 42zeilige Bibel,
5. Die 36zeilige Bibel,
6. Das Katholikon.

Bevor sich Gutenberg an ein so gewaltiges Unternehmen, wie es der erste Bibeldruck war, heranwagte, hat er zweifellos seine Kunst erst an kleineren Drucken erprobt. Dazu eigneten sich vorzüglich die lateinischen A B C-Bücher für den Schulgebrauch und namentlich die Donate, die in allen mittelalterlichen Schulen eingeführt waren. Zwei (27zeilige) Pergamentblätter eines solchen Donat-Druckes, die in Mainz aufgefunden wurden und in der Pariser Nationalbibliothek sich befinden, bilden wohl den ältesten Ausdruck der Typographie.

Der Abdruck dieses Schulbuch-Fragmentes zeigt auf den ersten 9 Zeilen noch die schnelle Abnutzung zu welcher Blei-Typen, auf den folgenden 9 Zeilen schon weniger abgenutzte, auf den nächsten 6 Zeilen frisch gebrauchte, und auf den 3 letzten Zeilen aus besserem Metall gegossene Typen.

Nächst den Donaten kommen von kleineren Druckwerken Gutenbergs die Ablassbriefe in Betracht.

Um die Mitte des 15. Jahrhunderts wurde der König von Cypern, Johannes II. von Lusignan, durch die Türken hart bedrängt. In dieser Not rief er die Christen des Abendlandes um Hilfe an und Papst Nikolaus V. bewilligte am 12. August 1451 zur Unterstützung des Königreichs Cypern gegen die Türken einen Ablass, der während dreier Jahre, vom 1. Mai 1452 bis zum 1. Mai 1455, in Kraft bleiben sollte. Zur Verbreitung der Ablasszettel in Deutschland und zur Einnahme der Gelder schickte der König seinen Bevollmächtigten Paulinus Chappe (oder Zappe) am 6. Januar 1452 zum Erzbischof Dietrich nach Mainz. Dieser Chappe stellte als seinen Kommissär Johann von Castro Coronato und als Prokuratoren Abel Kilchof

Ablassbrief mit 31 Zeilen. Die grösseren Typen zumeist die der 36zeiligen Bibel. (Verkleinert.)

Ablassbrief mit 30 Zeilen. Die grösseren Typen zumeist die der 42 zeiligen Bibel. (Verkleinert.)

und Philipp Urr auf, welche mit dem Erzbischof wegen Teilung der Gelder unterhandelten. Doch erst nach der Eroberung Konstantinopels durch die Muselmänner, im Jahre 1453, kam der Anfangs stockende Ablasshandel in Schwung.

Diese Ablassbriefe — es sind noch zwei Dutzend erhalten — bestehen aus drei Teilen. Der erste giebt Anlass und Zweck des Sündennachlasses, sowie Ort, Jahr und Tag der Ausstellung nebst dem Namen des Käufers, der zweite die Absolutionsformel für das Leben, und der dritte Teil die für den Tod an. Schliesslich ist die Höhe der Beisteuer notiert und als Gültigkeitszeichen jeder gekauften Urkunde ein allegorisches Siegel angehängt.

Besser als mit der besten Feder liessen sich solche Ablassbriefe durch die neu erfundene Kunst Gutenbergs vervielfältigen und zudem weilte der Gesandte aus Cypern am Orte der Erfindung. Es wurde also der Druck der Formulare vereinbart und begonnen und dazu, weil die in Gutenbergs Offizin vorhandenen Bibeltypen für Einblattdrucke von 30—31 Zeilen zu gross waren, von diesen nur ein Teil verwendet, sonst jedoch eine kleinere Typengattung geschnitten. Von solchen Ablass-Briefen aus den Jahren 1454 und 1455, welche die ältesten, im Druck datierten Erzeugnisse der Typographie darstellen, giebt es zwei, im Satze wie in den Typen völlig verschiedene, Ausgaben, obgleich der Text, den vermutlich verschiedene Setzer gesetzt haben, Wort für Wort derselbe ist. Wie lange der Satz, von welchem von Zeit zu Zeit, je nach Bedürfnis mit kleinen Aenderungen, Abzüge genommen wurden, stehen blieb, ist ungewiss. Die 1454er Auflage wurde auf deutschem, die 1455er auf italienischem Pergament gedruckt; aber die Höhe der beiden Auflagen lässt sich nicht mehr feststellen. Als noch vorhandene Exemplare dieser Ablassbriefe lassen sich bis jetzt die folgenden 20 nachweisen:

3 in Göttingen, je 2 in: Althorpe, Leipzig und Wolfenbüttel, und je 1 in: Augsburg, Cassel, Cheltenham, Eisenbach, im Haag, in Kopenhagen, London, Marburg, Oehringen, Paris und Schwerin. Davon sind 16 (31 zeilige) jedenfalls aus der Uroffizin, und 4 (30 zeilige) wahrscheinlich aus der inzwischen abgezweigten Fust-Schöffer'schen Druckerei hervorgegangen.

Für den Namen des Empfängers und den Ort und Tag der Ausgabe war im Druck eine Lücke gelassen zum Ausfüllen mit der Feder, die Jahreszahl aber mit lateinischen Zahlzeichen gedruckt. Der früheste der bekannt gewordenen Ablassdrucke ist vom 12. November 1454 aus Fritzlar datiert. Aus gleichem Anlass wie der cyprische Ablasshandel entstand in den Jahren 1454—1455 in Gutenbergs Offizin der Druck eines Volksbüchleins unter dem Titel:

›Ein Manung der christenheit widder die Durken.‹

Es ist ein auf 9 Quartseiten in Kalenderform zusammengereimter Aufruf an die ganze Christenheit, gegen die Eroberer von Konstantinopel in's Feld zu ziehen und sie bis auf den letzten Mann zu vertilgen. Der ungenannte Verfasser verspricht darin gleichzeitig den zur Abwehr des drohenden Türken-Einfalles Aufgeforderten im Laufe des Jahres 1455 zwölf günstige Zeichen am Himmel und wünscht zum Schluss:

›Eyn gut selig nuwe Jar.‹

Gutenbergs erstes Hauptwerk, und zugleich das glänzendste Zeugnis seiner Kunst, bleibt aber für alle Zeiten sein Bibeldruck. Die älteste christliche Bibel enthielt den griechischen Text beider Testamente, deren erste lateinische Uebersetzung, die sogenannte Itala, in das zweite Jahrhundert n. Chr. hinaufreicht. Im Jahre 383 nahm der heilige Hieronymus auf Anregung des Papstes Damasus I. eine Text-Revision derselben vor. Da dieser verbesserte Text durch Fehler beim Abschreiben all-

Holztafeldruck.

Repositio quid est. Partis orationis que pposita alijs partibus oratois signif cationé eaz aut complet. aut mutat aut minuit. Prepositiôi quot accidût Unuz. Quid: Casus tm. Quot casus Duo. Qui: Flectis 1ablativs. Da appositiones acti casus: ut ad. apud. ante aduersum. cis. citra. circû. circa. cótra. erga. extra. inter. intra. infra. iuxta. ob pone. per. ppe. ppter. scôm. post. trans ultra. preter. supra. circiter. usq. secus. penes. Quô dicimus eni: Ab patrem aput uilla. ante edes. aduersum imnit ros. cis renû. citra forû. circû uicino. circa templû. contra hostes. erga pm.

Abdruck einer Donat-Holztafel der Pariser Nationalbibliothek.
(Aus Lacroix, Histoire de l'imprimerie.)
Vergleiche Seite 71.

Typendruck.

Incipit epistola sancti iheronimi ad
paulinum presbiterum de omnibus
diuine historie libris · capitulū p̄mū.

Frater ambrosius
tua michi munus-
cula pferens · detulit
sif et suauissimas
lr̄as · q̄ a principio
amiciciaȝ · fid̄ pba-
te iam fidei z veteris amicicie noua:
pferebant. Era eni illa necessitudo ē·
z xp̄i glutino copulata · q̄m non vtili-
tas rei familiaris · nō pncia tantum
corpoȝ · nō sbdola z palpās adulaciō.
sed dei timor · et diuinaȝ scipturaȝ
studia conciliant. Legim⁹ in veterib;
historijs · quosdā lustrasse puincias·
nouos adijsse ppl̄os · maria trālisse·
ut eos quos ex libris nouerant: corā
qȝ viderēt. Sicut pictagoras memphi-
ticos vates · sic plato egiptū · z architā
tarentinū · eandemȝ orā ytalie · que

Anfang der 42zeiligen Bibel. (Nach dem Original.) Vergleiche Seite 70.

mählich [wieder verschlechtert wurde, liess Karl der Grosse durch seinen Kanzler Alkuin um das Jahr 802 eine abermalige Berichtigung der lateinischen Bibel vornehmen. Diese zweite Text-Revision, Biblia Alcuini oder Biblia Caroli Magni genannt, war die gebräuchlichste Bibel, die Vulgata des Mittelalters. Natürlich blieb auch sie allen Zufälligkeiten, und namentlich Abschreibe-Fehlern, ausgesetzt, so dass sie mit der Zeit der Urschrift immer unähnlicher werden musste und kein Exemplar mehr dem anderen vollkommen glich. Erst zur Zeit Gutenbergs brachte die Ordensgeistlichkeit etwas mehr Uebereinstimmung in den abweichenden Text der lateinischen, seit dem 12. Jahrhundert in gotischer Schrift erschienenen, Bibeln. Diese Bibelhandschriften sind immer auf jeder Seite zweispaltig beschrieben und mit roten oder blauen Anfangsbuchstaben, wenn nicht mit Initialen in Gold und Farben, geziert. Den einzelnen Büchern gehen die gewöhnlichen Prologi voran, und die Kapiteleinteilung ist durch rote Ueberschrift, meist ohne Zeilenunterbrechung, markiert.

Solcher Art waren die geschriebenen Bibeltexte, welche Gutenberg nach dem Schriftzug, dem Format, und den üblichen Abkürzungen, durch seine Erfindung auf mechanischem Wege zu vervielfältigen unternahm. Es mussten dafür, ausser zwei Alphabeten, einfach und doppelt überstrichene, punktierte, überschlängelte und verbundene Buchstaben, Abkürzungen, Lese- und Bindezeichen, in nahezu 100 Stempel geschnitten werden. Statt des Titels trägt bei den ältesten Bibeldrucken die erste Seite gewöhnlich die Ueberschrift: ›Incipit prologus etc.‹ (›Es beginnt das Vorwort.‹) Die Anfangsbuchstaben wurden nachträglich in den für sie frei gelassenen Raum rot oder blau, oder in Miniaturmalerei, von dem Illuminator eingezeichnet. Die beiden grossen Bibeldrucke Gutenbergs aber, nach ihrer Zeilen-

zahl die 42- und die 36 zeilige Bibel genannt, sind undatiert und die Frage, welche von beiden die älteste sei, blieb lange unentschieden, bis endlich in neuester Zeit Dziatzko durch eingehende Textvergleichung feststellen konnte, dass der 42 zeiligen Bibel die Priorität gebühre. Die 36 zeilige Bibel, früher meist als die älteste angenommen, erwies sich dagegen als Nachdruck, denn ihr Setzer setzte nach einem nicht rubrizierten Exemplare der 42 zeiligen.

Die 42 zeilige Bibel entstand in den Jahren 1453 — 1456. Sie zeigt auf den 9 ersten Blattseiten häufig nur 40 Zeilen, wahrscheinlich als Resultat einer ursprünglich beabsichtigten 40- oder 41 zeiligen Ausgabe. Vollendet wurde das Werk des 42-zeiligen Bibeldruckes, nach einer Notiz des Mainzer Rubrikators Heinrich Cremer, in der ersten Hälfte des Jahres 1456. Dieser schrieb nämlich an den Schluss eines in Paris vorhandenen Exemplares (in lateinischer Sprache):

»Dieses Buch ist illuminiert, gebunden und vollendet worden durch Heinrich Cremer, Vikar an der Kollegiatkirche zu St. Stephan in Mainz, im Jahre des Herrn Eintausendvierhundertsechsundfünfzig, am Feste der Himmelfahrt der glorreichen Jungfrau Maria. Gott sei Dank. Alleluja etc.«

Von den noch vorhandenen Exemplaren dieser ältesten gedruckten Bibel sind bis jetzt 31 ermittelt und zwar 10 auf Pergament, 21 auf Papier gedruckte. Pergament-Exemplare der 42 zeiligen Bibel befinden sich in: Berlin, Dresden, Fulda, Göttingen, Leipzig, London (2), St. Paul (Oesterreich), Paris und Rom; Papier-Exemplare in: Aschaffenburg, Klein-Bautzen, Erfurt, Frankfurt am Main, Leipzig, München, Rebdorf, Trier, Wien, Paris, London und Petersburg.

Welchen Geldwert diese Bücher heute ungefähr besitzen, lässt sich aus der Thatsache berechnen, dass ein nicht voll-

 Artes oratōnis quot sunt? octo.que? Nomen.prono men.uerbium.aduerbium. participiū.coniūctio.pre positio.interiectio. No men quid est? Parsoratio nis cum casu.corpus aut rem: pprie cōmuniterue significans. Pro pue.ut roma tyberis. Cōmuniter.ut urbs flumen. Nomini quot accidunt? Sex.que? Qualitas.cōparatio.genus.numerus.fi gura casus. Qualitas noim in quo est? Bi partita est. Quomō? aut em uniuo nomen est et' pprium dicis'. aut multoz et est appel latiuum. Compationis gradus quot sunt? tres.qui? Positiuus.ut doctus. Compara tiuus ut doctior. Superlatiuus ut doctissi mus. Que noīa comparant? Appellatiua dūtaxat. ꝗlitatem aut ꝗntitatem significan tia. ꝗlitatem ut bonus malus. ꝗntitatem ut magnus paruus. Compatiuus gradus cui casui seruit? Ablatiuus utriusꝗ numeri sine prepositōe. Quō? Dicimus em doctior illo uel doctior illis. Suplatiuus cui? genitiuo tm plurali uel collectiuo singulari. Quō?

Neudruck einer Donatseite mit den »Gutenbergtypen« der k. k. österr. Staats-Druckerei, welche den Typen der 42 zeiligen Bibel entsprechen.

ständiges (handschriftlich ergänztes) einbändiges Pergament-
Exemplar (Perkins-London) im Jahre 1873 um 77,000 Mark,
und ein einbändiges Papier-Exemplar (Syston-Bibliothek, London)
1885 um 78,000 Mark versteigert wurde. Vollständige Exemplare
dieser Bibel zählen 641 bedruckte Blätter, ohne Tabula rubri-
carum (Inhaltsverzeichnis), in 2—3 Bände gebunden. Von
der ganzen Auflage, die kaum unter 100 Exemplaren anzu-
nehmen ist, scheint 1/3 auf Pergament, das etwa dreimal soviel
wie Papier kostete, gedruckt worden zu sein. Dass Gutenberg
mit dieser, wie mit der folgenden (36zeiligen), Bibel kein »gutes
Geschäft« gemacht hat, sondern eher das Gegenteil, unterliegt
in Anbetracht der Kosten und der Zeitdauer für die Herstellung

𝕬𝕭𝕮𝕯𝕰𝕱𝕲𝕳𝕴𝕵𝕸𝕬𝕺𝕻𝕼
𝕽𝕾𝕿 𝖂 𝖆𝖇𝖈𝖉𝖊𝖋𝖌𝖍𝖎𝖑𝖒𝖓 𝖔𝖕𝖖𝖗𝖗
𝖘𝖘𝖙𝖚𝖊

Typen der 36zeiligen Bibel. (Facsimile nach dem Original.)

wohl keinem Zweifel. Wahrscheinlich auch war dieser Umstand
entscheidend für Fust's Trennung von Gutenberg und dessen
Ersatz durch den vielversprechenden Schöffer, in welchem Fust
eine in technischer Hinsicht nicht gewöhnliche Kraft gewann.
Er zog daher die ihm verpfändeten Druckmaterialien Gutenbergs an sich und begann, mit Schöffer vereint, eine neue
Druckerei, aus der bereits im Jahre 1457 das prachtvolle
Psalterium hervorging. Gutenberg konnte jetzt nur, vielleicht
mit Unterstützung ihm treu gebliebener Druckgehilfen (wie vermutlich Albrecht Pfister's), den Nachdruck seiner ersten Bibel
unternehmen. Er begann also mit geringeren Mitteln die
36zeilige Bibel zu drucken, deren Lettern hierauf wohl in
Pfisters Besitz und mit demselben nach Bamberg kamen.

Et pluraliter doceamur·docemini do‧
ceantur. Futuro doctor tu doctor:il‑
le.Et pluraliter doceamur doceminor
docentor. Optatiuo modo tempore
presenti et preterito imperfecto vtinã
docerer docereris vel docerere docere‑
tur Et pluraliter vtinam. doceremur
doceremini docerent.Preterito perfe‑
cto et plusqperfecto vtinam doctus es‑
sem vel fuissem esses vel fuisses esset vl
fuisset.Et pluraliter vtinam docti esse‑
mus vel fuissemus essetis vel fuissetis
essent vel fuissent. Futuro vtinam doce
ar docearis vel doceare doceat. Et plr
vtinam doceamur doceamini doceant
Coniunctiuo modo tempore presenti

Abdruck einer Donat-Holztafel der Pariser Nationalbibliothek.
(Aus Lacroix, Histoire de l'Imprimerie.)
Vergleiche Seite 77.

Typendruck.

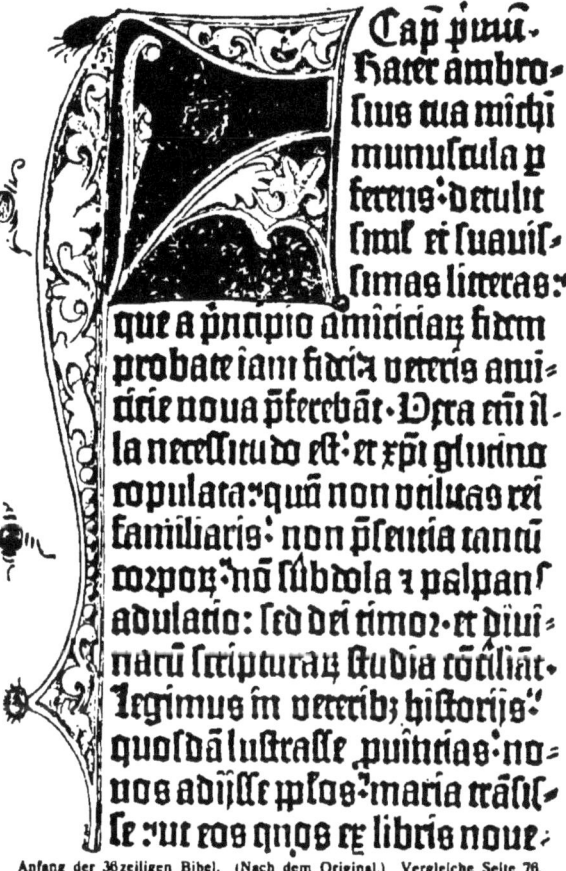

Anfang der 36zeiligen Bibel. (Nach dem Original.) Vergleiche Seite 76.

Von dieser 36 zeiligen Bibel (= Biblia latina oder Vulgata)
sind nur 9, zum Teil unvollständige, Exemplare nachweisbar
und zwar in: Althorpe (Lord Spencer), Antwerpen, Jena, Leipzig,
London, Paris, Stuttgart, Wien und Wolfenbüttel. Sie bestehen
meist aus 2—3 bändigen Folianten und die vollständigen Exemplare zählen 882 bedruckte Blätter.

Der letzte grosse Druck Gutenbergs wurde im Jahre 1460
durch die schon erwähnte Unterstützung Humerys ermöglicht.
Es war das »Katholikon« genannte lateinische Wörterbuch nebst
Grammatik, eine Art Encyklopädie, deren Text der Dominikaner
Johannes Balbus von Genua 1286 vollendet hat. Seine 64 ersten
Blätter enthalten die Grammatik, danach beginnt das Wörterbuch
mit Alma und endigt mit Zosimus. Das ganze Werk umfasst 373
enggedruckte, meist 66 zeilige Folioblätter mit doppelten Kolum-
nen ohne Blattzahl, Kustoden (die am Ende einer Seite besonders gesetzte Anfangssilbe der folgenden) und Signaturen, sowie
ohne Summarien (— Hauptinhaltsanzeige) und Initialen (für die
Raum gelassen war). Die Herstellung des stattlichen Bandes erforderte, schon der neu zu formenden Typen wegen, gewiss
2—3 Jahre und stellt eine höchst beachtenswerte Leistung dar;
den Vergleich mit dem Psalterium der kapitalkräftigeren Konkur-
renz-Firma Fust und Schöffer kann es freilich nicht aushalten.

Was dem Katholikon noch einen ganz vorzüglichen Wert
verleiht, ist seine Schlussschrift, auf die bereits hingewiesen
wurde. Sie lautet (aus dem Lateinischen übersetzt):

»Unter dem Beistande des Allerhöchsten, auf dessen Wink
der Unmündigen Zungen beredt werden, und der oftmals den
Kleinen offenbart, was den Weisen er verhehlt, ist dieses vor-
treffliche Buch Katholikon im Jahre der Menschwerdung des
Herrn 1460, in dem gesegneten Mainz, einer Stadt der berühmten deutschen Nation, welche Gottes Huld durch ein so

hohes Geisteslicht und freies Gnadengeschenk den übrigen Nationen der Erde vorzuziehen und auszuzeichnen gewürdigt hat, gedruckt und vollendet worden, nicht mit Hilfe von Rohr, Griffel oder Feder, sondern durch das wunderbare Zusammenstimmen, Verhältnis und Ebenmass der Patronen und Formen.

Heiliger Vater, sei Dir und dem Sohn und dem heiligen Geiste Lob und Ehre gezollt, als der dreieinigen Gottheit.
Klinge zum Lobe der Kirche Katholikon, in diesem Buche, Und vergiss nicht zu preisen die gütige Jungfrau Maria.
Gott sei Dank!«

> ## tt bette erit vobis · Factum est autem in mense septimo venit ismahel filius nathanie filij elisama de semine regio et decem

Aus dem Ende des I. Bandes der 36 zeiligen Bibel. (Nach Dziatzko.)

> ## tone septuaginta theodotionis editione miscuit · asteriscis videlicet designans que min⁹ au fur- rant · ↄ virgulis · que resupfluo

Anfang des II. Bandes der 36 zeiligen Bibel. (Nach Dziatzko.)

Die von der ersten Katholikon-Ausgabe (1460) seither ermittelten 25 Exemplare verteilen sich wie folgt:

---

1. Pergament-Drucke in: Aschaffenburg, Cues an der Mosel, Dresden, Frankfurt am Main, Gotha, München, Wien, Avila, Besançon, Paris, England (Thomas Grenville) und

2. Papier-Drucke in: Berlin, Darmstadt, Dresden, Gotha, Mainz, München, Trier, Wiesbaden, Althorpe, Nancy, Paris (4).

Im Jahre 1465 betrug der Preis eines solchen Katholikons 41 Goldgulden (1 Goldgulden ungefähr 7 Mark), zehn Jahre später nur 13 Goldgulden, er war also billig zu nennen im Vergleich mit den damaligen Handschriften. Kosteten doch z. B. um die Mitte des 15. Jahrhunderts eine gute Abschrift des Titus Livius in Italien 125 Goldthaler — im Jahre 1455 veräusserte der in Palermo lebende Altertumsforscher Beccadelli sogar einen Meierhof, um sich für den Erlös eine Liviusausgabe anzuschaffen — und die Concordanzen der Bibel in Paris 100 Goldthaler, während die Mainzer Bibel von 1462 im Jahre 1470 nur 40 Goldthaler galt. Ueberhaupt gingen die Bücherpreise rasch und bedeutend herab bis auf rund ¼ der Handschriftenpreise.

Mit dem Katholikon schliesst die Reihe der bis jetzt bekannt gewordenen Druckwerke des Erfinders selbst, denn wie weit Gutenberg noch an anderen kleineren und grösseren Produkten seiner neuen Kunst persönlich beteiligt war, ob z. B. an dem Kalender für das Jahr 1457, von dem ein 1456 gedrucktes, Fragment (Folioformat auf Papier) in der Pariser Nationalbibliothek sich findet, oder an dem Psalterium von 1457, zu dem er wahrscheinlich Vorarbeiten geliefert hat, ist nicht festzustellen.

Als Gutenberg von Strassburg (vor 1448) nach Mainz zurückgekehrt war, errichtete er seine Werkstatt im »Hof zum Jungen«, welchen sein Oheim, Henne Gensfleisch der Alte, bereits am 28. Oktober 1443 von Ort zum Jungen auf drei

Jahre gemietet hatte. Das Haus, jetzt Franziskanerstrasse 3, war mit dem dazu gehörigen Gelände früher weit grösser als jetzt, es umfasste ursprünglich fast das ganze Quadrat bis an die kleine und grosse Emmeransgasse. Im Jahre 1462 jedoch wurde ein Teil, der Hanauer-(später Färber-) Hof, davon geschieden, auch kam in der Folge ein damit verbundener Garten in andere Hände. Bei der 1666 stattgehabten Wiederherstellung des Hauses soll dessen Aeusseres nur wenig verändert worden sein. Seit 1462 hausten darin die Ritter Brömser von Rüdesheim,

Hof zum Jungen.

denen Adolf von Nassau den Hof überwiesen hatte, seit 1615 aber erscheint er abwechselnd als Eigentum verschiedener bürgerlicher Familien und gegenwärtig ist er im Besitz der Mainzer Aktien-Bierbrauerei.

In diesem ersten Druckhaus Gutenbergs wurde am 22. März 1856 beim Graben eines Kellers das

Das 1856 im »Hof zum Jungen« aufgefundene Eichenholz. (Verkleinert).

Bruchstück einer alten Druckpresse aus Eichenholz gefunden. In das Holz war geschnitten:

J. MCDXLI. G.

Trotzdem ist der Fund wohl kaum auf Gutenberg zurückzuführen und die Inschrift zweifellos später entstanden, wie schon das ungebräuchliche J (= Johannes) für H (= Henne) und die auffallende Jahreszahl 1441 beweisen.

Nach seiner Trennung von Gutenberg errichtete Fust höchst wahrscheinlich in seinem Hause »Zum Humbrecht« mit Schöffer seine Druckerei und verbrachte dorthin die ihm verpfändeten Gerätschaften.

Der »Hof zum Humbrecht«, in der Schustergasse No. 20 gelegen, heisst in einem städtischen Baubescheide vom Jahre 1524 noch das »Druckhaus« oder der »Druckhof.« Bei der Eroberung der Stadt durch Adolf von Nassau 1462 ging dieses Druckhaus bekanntlich in Flammen auf, es wurde jedoch bald neu erbaut, so dass bereits 2 Jahre später die Druckerei wieder in Betrieb kam. Von nun an blühte sie, namentlich unter Peter Schöffers Nachkommen, fast ein Jahrhundert lang und brachte eine bedeutende Zahl namhafter Werke hervor. Im Jahre 1643 erhielt das Gebäude den Namen »Dreikönigshof«, wegen einer darin errichteten, den heiligen drei Königen geweihten, Kapelle.

Den auf der Rückseite angrenzenden »Hof zum Korb« in der Korbgasse, später »Schöfferhof« genannt, kaufte Peter Schöffer am 5. September 1476 dazu, worauf er mit dem »Hof zum Humbrecht« unter der gemeinsamen Bezeichnung »Der Druckhof« bis 1502 vereinigt blieb. Das Gebäude, in dem sich gegenwärtig eine Bierwirtschaft befindet, zeigt heute noch sein ursprüngliches, mittelalterliches Gewand.

Ob Gutenberg, nachdem er mit Fust in Streit geraten war, im »Hof zum Jungen« weitergedruckt, oder wohin sonst er seine

IMPRESSIO LIBRORVM.

Buchdruckerei. Stich von Theodor Galle nach Johannes Stradanus (1523—1605). Verkleinert.

Offizin verlegt hat, ist unbekannt, sicher aber ist, dass sowohl seine Druckgehilfen, wie diejenigen Fust-Schöffer's, nach der Eroberung von Mainz im Jahre 1462 fast alle die Stadt verliessen.

Unter den Gutenberg-Schülern, die zuerst die neue Kunst in der Welt verbreitet haben, sind neben Peter Schöffer, dem bedeutendsten, namentlich noch Johann Mentelin und Albrecht Pfister hervorzuheben, weil jedem der Genannten schon irrtümlich die Erfindung zugeschrieben wurde.

Peter Schöffer aus Gernsheim · · sein Geburtsjahr ist unbekannt — wurde Kleriker, d. h. er empfing die Tonsur. Solche Leute waren im damaligen Latein bewandert, fanden als öffentliche Notare Verwendung, oder schrieben Bücher ab, und konnten, nach Ablegung ihres Gewandes, heiraten. So war auch der Kleriker Schöffer im Jahre 1451 in Paris als Bücherabschreiber für die dortige Universität beschäftigt, kam hierauf nach Mainz, trat in Gutenberg-Fust's Druckerei ein, und heiratete um das Jahr 1465 Christine, die Tochter Fust's, dessen Geschäftsteilhaber er schon vorher geworden war. Schöffer war ein geschickter Zeichner und Stempelschneider, und die Typographie soll ihm manche Verbesserung, namentlich in Bezug auf den Schriftguss und die Druckerschwärze, zu danken haben. Er starb Ende 1502 oder Anfang 1503.

Johann Mentelin (auch Mentel) aus Schlettstadt, geboren um das Jahr 1410, war ein Schön- oder Goldschreiber, der 1447 in Strassburg das Bürgerrecht erwarb und wahrscheinlich von Gutenberg nach Mainz gezogen wurde als Gehilfe bei Zeichnung und Herstellung der Typen. Er muss aber bald wieder nach Strassburg zurückgekehrt sein und soll dort schon vor 1460 eine Druckerei besessen haben, in der er ›nach der Art Fust's und Gutenbergs‹ täglich 300 Bogen gedruckt habe. Sein erstes datiertes Werk ist von 1473. Er war zweimal verheiratet, zwei

Töchter aus seiner ersten Ehe heirateten die Strassburger Buchdrucker Adolf Rusch und Martin Schott. Mentelin, dem Kaiser
Friedrich III. das alte Familienwappen erneuert hatte, starb,
reich geworden durch seine Kunst, in hohem Ansehen am
12. Dezember 1478 zu Strassburg.

Albrecht Pfister, geboren um 1420 zu Bamberg, verliess
Mainz im Jahre 1455, nachdem Gutenberg von Fust aus seinem
Eigentum verdrängt worden war, und erwarb vermutlich bei
seinem Weggang einen Teil der Lettern der 36zeiligen Bibel
Gutenbergs. Er liess sich in Bamberg nieder und druckte
dort bereits 1461 unter seinem Namen eine zweite Ausgabe
von ›Boner's Edelstein‹. Pfister war ursprünglich von Beruf
Formschneider, sowie Brief- und Kartendrucker; er starb um
das Jahr 1470 zu Bamberg.

Ferner verdienen Erwähnung als Gutenberg - Schüler:
Johann Numeister und Heinrich Keffer.

Johann Numeister (auch Neumeister oder Neumester) wird
von Manchen für einen Genossen, nicht blos Gehilfen, Gutenbergs gehalten, und war vielleicht sogar kurze Zeit sein Geschäftsteilhaber. Da er auf seinen Drucken sich Johannes Numeister
de Maguncia, auch Clericus Maguntinus, zu nennen pflegt, scheint
er in Mainz geboren zu sein. Er führte ein Wanderleben, kommt
auswärts zuerst in Foligno (Italien) 1470 als selbständiger Drucker
mit Mainzer Gehilfen vor, dann wieder in Mainz zwischen 1472
bis 1479 und hierauf in Albi (Frankreich) und Lyon. Sein Geburtsjahr ist unbekannt; er starb um das Jahr 1507.

Heinrich Keffer (auch Kefer) aus Mainz, und seit dem
Jahre 1455 in Gutenbergs Diensten, war später bei Johann
Sensenschmid in Nürnberg als Schriftgiesser und Drucker thätig.
Der einzige unter seinem Namen erschienene Druck ist von
1473 datiert. Wann er geboren wurde und starb, ist unbekannt.

Ausserdem sind noch als Schüler Gutenbergs zu nennen: Berthold Ruppel aus Hanau, der die Kunst zuerst nach Basel brachte, der Kleriker Johannes Bone, die (schon an anderer Stelle erwähnten) Brüder Heinrich und Nikolaus Bechtermünze aus Mainz, sowie Wigand Spiess von Ortenberg, zu Eltville.

Buchdrucker, die wahrscheinlich ebenfalls aus Gutenbergs Schule hervorgingen, finden sich in frühester Zeit noch verschiedene auswärts mit der neuen Kunst beschäftigt, darunter die Mainzer: Stephan, Joh. Ambracht und Kraft zu Foligno, Johann Guldenschaff zu Köln und Johann Petri zu Florenz, sowie die aus der Nähe von Mainz stammenden: Ulrich Zell von Hanau zu Köln, Johann Herbort von Seligenstadt zu Venedig, Joh. Nik. Han-

Buchdruckerzeichen des Jodocus Badius 1498.

heimer von Oppenheim zu Rom, Nik. Philippi von Bensheim zu Lyon, Joh. Heil (Soter), ebendaher, zu Köln, Andreas von Worms zu Palermo und J. P. Butzbach zu Mantua.

In gewissem Sinne kann hier auch ein Ausländer, der französische Münzarbeiter Nikolas Jenson aus Tours, den Schülern Gutenbergs beigezählt werden. Nach einer neu entdeckten, 1559 geschriebenen, Pariser Handschrift über Münzwesen, hatte nämlich am 4. Oktober 1458 König Karl VII. von Frankreich, nachdem er vernommen, dass der Junker Johann Gutenberg zu

Mainz, ein geschickter Stempelschneider, erfunden habe mit
Stempeln zu drucken, seine obersten Münzmeister beauftragt,
ihm tüchtige Stempelschneider namhaft zu machen behufs Sendung derselben nach Mainz, um hinter das Wesen der Erfindung
zu kommen. Darauf sei von Nikolas Jenson die Reise unternommen, die Kunst erlernt und dann zuerst in Frankreich ausgeübt worden.

Durch diese Sendung Jensons ist aber Gutenberg auch
von französischer Seite schon bei Lebzeiten als der Erfinder
der Typographie anerkannt worden.

Englische Buchdruckerpresse aus dem XVI. Jahrhundert
(Aus Johnsons Typographia.)

Gutenbergs Ruhm.

Die ältesten Zeugnisse dafür: 1. dass die Typographie eine deutsche Erfindung, 2. dass sie von Mainz ausgegangen und 3. dass Gutenberg ihr Erfinder gewesen ist. 1450—1541. Unbegründete Ansprüche. Die Säkularfeiern der Buchdruckerkunst und die Gutenbergsfeste. Gedenktafeln, Standbilder, Münzen und sonstige Erinnerungszeichen. Typographische Festschriften. Gutenberg in der Musik, Malerei und Dichtung.

»Gelobet sei der löblich Fund
Der edlen Truckerey.
· Hätt' Welschland diesen Fund ergründ,
Seins rühmens wär kein End',
Nun hats euch Teutschen Gott gegünnt,
Deshalb ihn wohl anwendt.«

Aus Johann Fischarts ·Geschichtsklitterung· 1575.

UTENBERGS Jüngern ward der vergängliche Lohn, dem Meister blieb der unvergängliche Ruhm seiner Erfindung. Noch vor dem Ablaufe des Jahrhunderts, um dessen Mitte die Typographie in's Leben trat, erhoben sich zahlreiche Stimmen zu ihrem Lob. Da es die Stimmen zum Teil noch von Zeitgenossen Gutenbergs sind, und da die meisten von ihnen nicht nur Deutschland als das Land und Mainz als die Stadt der Erfindung preisen, sondern zugleich auch Guten-

berg als den Erfinder, so haben diese Äusserungen urkundlichen Wert. Es sind Ursprungs - Zeugnisse, deren Echtheit
keinen berechtigten Zweifel zulässt und gegen die alle späteren
Versuche, die Erfindung einem Anderen als Gutenberg zuzu-
schreiben, fruchtlos bleiben mussten. Solcher Versuche, den
grossen Mainzer nachträglich um seinen anfänglich unbestrittenen
Erfinderruhm zu bringen, wurden leider verschiedene unternommen, wobei Missgunst, Unverstand oder Eitelkeit die Haupt-
rolle spielten.

Mit besonderer Hartnäckigkeit geschah ein derartiger Versuch von holländischer Seite zu Gunsten des Laurens Janszoon
Coster aus Haarlem, der dort sogar als angeblicher Erfinder
ein Denkmal erhielt, bis sein eigener Landsmann, Dr. Antonius
von der Linde, auf Grund archivarischer Studien in der »Coster-
legende« überzeugend nachwies, dass dieser Coster niemals
existiert hat. Von der Linde, zuvor eifriger Costerianer, setzte
nun seine typographischen Untersuchungen fort, und gelangte
zu der unerschütterlichen Überzeugung, dass Gutenberg und
kein Anderer der Erfinder der Typographie gewesen ist. Obgleich
er aber damit in seiner Heimat grosses Ärgernis erregte, gab er
dennoch der Wahrheit die Ehre und veröffentlichte in zwei um-
fangreichen Werken (1878 und 1886) das Ergebnis seiner jahre-
langen gründlichen Forschungen über Gutenberg und dessen
Erfindung mit Angabe der ältesten Zeugnisse. Letztere folgen
hier, (wo erforderlich nach von der Linde's Übersetzung) bis
zum Ende des 15. Jahrhunderts.

Dass die Typographie eine d e u t s c h e Erfindung sei, er-
wähnen oder bestätigen u. a. die nachfolgenden Stellen:

1.

»Gerade in Deiner Zeit ist zu den übrigen Gnadenerweisen
Gottes auch dieses glückliche Geschenk für den christlichen

Erdkreis hinzugekommen, dass auch der Ärmste für wenig Geld
eine Bibliothek sich erkaufen kann. Oder ist es vielleicht ein
geringerer Ruhm Deiner Heiligkeit, dass Bände, die man sonst
kaum für hundert Dukaten kaufen konnte, heute für zwanzig
und weniger Goldstücke erstanden werden, und nicht wie früher
voller Fehler sind? Oder dass Bände, die der Leser früher
kaum mit zwanzig Dukaten erkaufte, jetzt um vier, und sogar
billiger, zu haben sind? Und dann: während alle hervorragenden Geister der Vorzeit früher wegen der ungeheuren
Arbeit und der gar zu hohen Schreibgebühren unter Staub und
Motten fast verborgen blieben, haben sie unter Deiner Regierung
begonnen, an's Licht zu treten und sich im reichsten Strome
über den ganzen Erdkreis zu ergiessen. Denn derart ist die
Meisterschaft unserer Drucker und Schriftbildner, dass unter den
Erfindungen der Menschen, nicht nur denen der Neuzeit, sondern
auch denen des Altertums, kaum etwas Ausgezeichneteres an-
geführt werden kann. Würdig zu preisen und von allen Geschlechtern zu verehren ist in Wahrheit D e u t s c h l a n d, das
durch diese Erfindung uns von grösstem Nutzen war. Dies ist
es, was stets der rühmliche und des Himmels würdige Sinn
des Nikolaus von Cues, Kardinals zu St. Peter in Ketten, sich
wünschte, dass diese heilige Kunst, die damals in Deutschland
sich zu entwickeln schien, nach Rom geführt werden möchte.
Und schon sind die Wünsche des Mannes, der Dich, heiligster
Vater, wie seinen Augapfel liebte, verehrte und bewunderte,
(wie ich glaube, auf seine Fürsprache an den Stufen des Thrones
unseres Herrn Jesu Christi) gerade zu Deiner Zeit in Erfüllung
gegangen. Seit diese Kunst Deiner Heiligkeit zu Füssen gelegt
worden ist, wird Dein Pontifikat, rühmlich auch in jeder anderen
Beziehung, der Vergessenheit im Andenken der Menschen nie
mehr anheimfallen, es müsste denn etwa irgendwann die wissen-

schaftliche Bildung ganz aufhören. . . . Es ist etwas Grosses,
heiligster Vater und gottgeliebter Seelenhirt, dass zu Deiner
Zeit das leere, unbeschriebene Papier oder Pergament fast ebensoviel kostet als die lieblichsten Druckwerke. Nicht ohne
Grund haben sich bisweilen Herrscher gerühmt, dass während
ihrer Regierungen der leere Sack nicht billiger gewesen sei,
als der Weizen und der Wein und andere Dinge des täglichen
Lebens. Ich will es in dem vorliegenden Buche kommenden
Geschlechtern als beständigen Gegenstand der Bewunderung
hinstellen, dass so treffliche Meister des Buchdrucks unter dem
Pontifikat des Venezianers Paul II. durch die von oben uns
gewordene Gnade des himmlischen Hirten zu Rom ihre Kunst
mit solchem Geschick und solchem Fleiss auszuüben begannen,
dass wir heute die Bücher fast billiger kaufen, als sonst der
blosse Einband kostete.‹

Johann Andreas, Bischof von Aleria, an Papst Paul II. in
der ersten Ausgabe der Briefe des Hieronymus, gedruckt von
Konrad Sweynheim und Arnold Pannartz zu Rom 1468.

2.

›Wie die Sonne das Licht, so giessest Du über den Erdkreis
Weisheit, der Musen Hort, königlich stolzes Paris.
So nimm denn hin die Buchdruckerkunst fast göttlichen Ursprungs,
Die uns Deutschland gelehrt, hast ja zumeist sie verdient.
Schaue die ersten Bücher, die dieses Handwerk geschaffen
Uns in fränkischem Land und auch in Deinem Gebiet,
Michael, Ulrich und Martin, dabei die Firmen der Meister,
Haben diese gedruckt, drucken auch andere noch.‹

Wilhelm Fichet's Oktastichon zum Lobe der ersten Pariser
Buchdrucker, hinter deren Quartausgabe der Briefe des Gasparin
von Bergamo, Paris 1470.

3.

›Hast, A l e m a n n'l e n, auch Unsterbliches mehr Du geschaffen,
Hast Du, glaube ich, doch Grösseres niemals erzeugt,
Als dass mit emsigstem Fleiss die Druckerkunst Du hast gestaltet,
Eine fast göttliche Kunst, mehrend der Studien Gebiet.
Lebe Du glücklich auf ewig, Du Michael und auch Du Martin,
Ulrich, lebe Du auch, ihr habt das Werk hier gedruckt.
Eurem Erhard jedoch entziehet nie eure Liebe,
Ihm, der für immer verschloss treu euer Bild in der Brust.‹

Dr. med. Erhard Windsberg's Epigramm zum Lobe derselben Buchdrucker in dem Werke: Phalaridis Epistolae, Paris
1471.

4.

›Man darf unserem Jahrhundert Glück dazu wünschen,
erhabener Borsi, trefflichster Herzog, dass gerade in ihm die
edelsten Künste am meisten erblühen . . . Hierzu aber hat ein
ungemein bequemes Hilfsmittel dargeboten der edelgeartete
Geist der D e u t s c h e n, der die überaus kunstreichen Formen
des Buchdrucks ersann, dergestalt, dass von den geistreichsten
Schriftstellern zur selben Zeit stets eine Fülle von Exemplaren
zur Hand ist, und jedes nützliche Buch in grosser Zahl und
zu billigerem Preise hergestellt werden kann.

Lodovico Carbo in der Widmung der ersten Ausgabe von
Plinius' Briefen an den Fürsten Borsi, Herzog von Modena 1471.

5.

›Unter diesen Umständen werden Dir, dem ausgezeichneten
Gelehrten, alle Aerzte grossen Dank dafür wissen, dass Du das
früher so seltene und noch dazu durch die Unkunde und Nachlässigkeit der Aerzte gerade zu unserer Zeit so verdorbene
Werk an's Licht gezogen, durch Deine bessernde Hand gereinigt

und dann durch diese neue und fast göttliche Vervielfältigungs-
art, einer Erfindung unserer Zeit, hast drucken lassen. Unser
Geschlecht birgt das zu allen Zeiten wahrhaft unerhörte und
nie genug gefeierte Wunder, dass in derselben Zeit, in der die
geschäftige Hand des Schreibers mit Mühe ein Buch abschreiben
konnte, jetzt fünfhundert Exemplare desselben Werks mit leichter
Mühe entstehen. Es werden nämlich die ehernen Lettern be-
liebig angeordnet und in einem Rahmen zusammengefasst. Dann
wird diese Tafel auf's Papier abgedruckt, ähnlich wie wenn
Jemand aus vielen willkürlich gestellten und zusammengestellten
Mosaikstiften verschiedene Bilder herstellt, und diese dann in
einer aufgedrückten Wachstafel abdrückt. O Du treffliches,
d e u t s c h e s Genie, das du diese wunderbare Kunst zuerst
erfunden, in Ausdrücken höchsten Lobes preiswürdiger Mann!
Hast Du doch den Weg gefunden, alle wissenschaftlichen Be-
strebungen auf leichteste Weise zu erwerben und zu behalten!
Aber auch bei dieser Gelegenheit scheue ich mich nicht zu
bekennen, dass wie die meisten fremden Erfindungen, so auch
diese Kunst höher ausgebildet und verfeinert erst in dem Augen-
blick geworden ist, da sie nach Italien überführt wurde.‹

Nikolaus Gupalatinus in der Widmung von Mesua's Univer-
salmedizin an Peregrinus Cavalcabovi aus Verona, Venedig 1471.

6.

›Ich habe in jüngster Zeit unserem Geschlecht oft Glück
dazu gewünscht, mein Guarinus, dass gerade zu unserer Zeit
eine so besonders grosse und wahrhaft göttliche Wohlthat uns
zu Teil geworden in der Vervielfältigungsweise, die neulich aus
D e u t s c h l a n d zu uns gekommen ist. Ich sah nämlich, dass
jetzt in einem Monat von einem einzigen Manne so viel Schriften
gedruckt werden können, wie sonst in Jahresfrist von mehreren

kaum bewilligt wurde, worüber unser Landsmann, der Bischof Campanus, einen sehr schönen Vers gemacht hat: Imprimit ille die, quantum non scribitur anno. (In einem Tage druckt jener mehr als in einem Jahre geschrieben wird.) Und so hoffe ich in kurzer Zeit auf eine solche Fülle von Büchern, dass hinfüro auch der Arme und Mittellose sich kaum noch ein Werk zu versagen braucht u. s. w.›

Nikolaus Perotus († 1480) an Franz Guarinus um 1471.

7.

›Denn wer weiss nicht, dass jene von u n s e r e n L a n d s-l e u t e n jüngst erdachte wunderbare Kunst des Buchdrucks ebenso sehr den Sterblichen schaden kann, wenn fehlerhafte Exemplare unter die Leute kommen, wie sie nützt, wenn die Druckbogen gehörig korrigiert sind.›

Johann Müller (Regiomontanus) von Königsberg in Franken (1436—1476), in der Vorrede des Gesprächs gegen Gerhard von Cremona's Planetensystem, Nürnberg um 1474—75.

8.

›Dazu kommt, dass man in D e u t s c h l a n d durch eine ebenso scharfsinnige wie unglaubliche Erfindung jüngst eine ganz neue Art zu drucken entdeckt hat; nicht zum wenigsten hat Matthias von Mähren, ein höchst genialer und feingebildeter Mann, diese neue Art zu hoher Blüte gebracht. Wir wünschen uns daher Glück, dass wir ihn auf Anraten des Mönchs Blasius Romerius, eines Mannes von anerkannter Gottesgelehrtheit und Sittenstrenge, in unserer Stadt aufgenommen haben.

Junianus Majus in dem Briefe vor dem Buch über die Eigenart alter Ausdrücke, Neapel 1475.

9.

›Geistvoll hat eine neue Kunst uns D e u t s c h l a n d erfunden,
Die ich ihm neulich geraubt, aber auf bessere Art.

*   *   *

Doch was erfanden mit eisernem Fleiss die D e u t s c h e n der
Vorzeit,
Wieder gaben wir es, besser in sicherem Stil.›

Der Buchdrucker Simon von Lucca, Rom 1477.

10.

›Hat aus Latium einst viele Bücher D e u t s c h l a n d entführet,
Giebt es durch seinen Geist mehr noch jetzt ihm zurück.
Und was in Jahresfrist kaum der heutige Schreiber bewältigt,
Durch der D e u t s c h e n Geschenk bringt es uns heute ein Tag.›
Gedicht über die Erfindung der Typographie bei den
Deutschen. Gedruckt zu Siena 1487, dem Lorenzo Valla (± 1458)
zugeschrieben.

11.

›. . . . Die wunderbare Kunst zu schreiben (durch den
Druck) ermöglicht es uns, das goldene Zeitalter zurückzuführen ;
durch Vervielfältigung der Handschriften lernen wir Vergangen-
heit, Gegenwart und Zukunft erkennen, so weit dies der mensch-
liche Geist vermag. Sehr erfahrene und ausdauernde D e u t s c h e
haben die Druckkunst erfunden, welche man, ohne zu irren,
eine göttliche nennen kann. Von diesen Deutschen ist einer,
Friedrich aus Basel, von wunderbarem Geist, sehr erfahren, mit
reichem Gedächtnis.› Didacus Valera im Nachwort der spa-
nischen Chronik, Burgos 1487.

12.

›D e u t s c h l a n d, im Kriege berühmt durch römergleiche Triumphe,
Mächtig durch Waffen und Mut, und auch durch Edelsein gross,

Dich schmückte Pallas mit glänzendem Geist, und Mavors verlieh Dir
Mit der tapferen Brust auch des Siegers Geschick.
Was in des Eifers Hitze allmählig erringt der Erdkreis,
Das darf der Deutsche sich freu'n Alles zu haben vereint;
Künste, die nie zuvor sind erfunden, hat er uns gestaltet
Mit verschlagenem Geist und mit geschäftiger Hand.
Neues auch sinnet er aus mit der Schärfe Dädalischen Geistes,
Über sein eigenes Werk wundert der Künstler sich oft.
Er hat zuerst auf Papier uns gelehrt im Erze zu drucken
Zeichen, ohn' dass der Kiel uns die Hände bewegt.
Er hat zuerst uns gezeigt, wie mit geschnittenen Typen
Man das Geschriebene setzt und das Gesetzte dann druckt.
Hier, wo sich eifrig gewöhnet nie rastende Arbeit zu tragen,
Drängend der Drucker in Erz allzugeschäftige Schar,
Hier verteilt man die Arbeit, und jeglicher treibt sein Gewerbe,
Hier setzt der eine, und der bessert, ein anderer druckt;
Da ist nicht Ruhe noch Rast, auch keine Verzögerung, sondern
In harrendem Fleiss glühet beständig das Werk.
Alle strengen die Nerven sie an und reizen einander,
Spornen in edelem Streit einer den anderen an.
Doch wenn auch unter den Seiten der Kunst mehr jene sich abmüht,
Welche von Fehlern frei uns will schaffen das Buch:
Oft durch die eigene Kunst betrogen, wie es auch sein mag,
Lässt sie durch eigenen Fleiss selten nur leuchten ihr Licht.

Peter Günther in dem Gedicht vor dem Dialog des
Wigand Wirt gegen Johann von Wesel, Oppenheim 1492?.

13.

›In Deutschland sind in unseren Zeiten Hilfsmittel
gefunden worden, um Bücher zu drucken.‹

Marsilio Ficino von Florenz in dem Brief vom 13. September 1492.

14.

›Ganz kürzlich, während ich freilich noch als kleiner Junge in den Windeln lag, soll die vordem von den D e u t s c h e n erfundene Kunst ihren Anfang genommen haben, Buchstaben mit Erz und so ganze Bücher mit Formen (wie man es gemeinhin nennt) zu drucken, bei welchem Verfahren an einem einzigen kleinen Tage mehr gedruckt wird, als sonst der Abschreiber in Jahresfrist ausarbeiten kann. Die Künstler nennen wir nach der Sache Buchdrucker. Ihnen, wofern sie nur fleissig sind, schulden gar viel die Jünger der Weisheit und die Liebhaber der Wissenschaft, da aus ihrer Kunst früher unbekannte Quellen von Schriftwerken hervorgesprudelt sind, die Fülle der bekannten aber die grösste Verbreitung erlangt hat.‹

Franc. Mar. Grapaldus aus Parma in dem Werk ›de partibus aedium‹ II., 9, 1494.

15.

›Jüngst ist dem Geiste des r h e i n i s c h e n Volks, seiner Kunst
                ist entsprungen
Eine gar herrliche Schar, leider fast allzu gross,
Und was sonst nur im reichen Palast dem Leser begegnet,
Findet sich jetzt überall, auch in der Hütte: ein Buch.
Dank d'rum den Göttern zunächst, doch billigen Dank auch den
                Druckern,
Denn ihrem Geiste zuerst hat diese Bahn sich gezeigt.
Was den weisen Griechen entging und den findigen Römern,
Als die neueste Kunst stammt's aus g e r m a n i s c h e m Geist.‹

Sebastian Brant in dem Gedicht über die Druckkunst, Basel 1498.

16.

›Was in Jahresfrist kaum die hurtige Rechte bewältigt,
Monatlich bringt es die Kunst, fehlerfrei auch ist das Buch.

Teurer kam's jüngst, mit einfachem Kiel den Papyrus zu glätten,
Als jetzt mit stattlichem Bauch kostet selbst der Foliant.

*   *   *

Diese Erfindung schenkte der Welt das unsterbliche Deutschland,
Seiner Kunst, seiner Art ein gar herrliches Mal.‹
Robert Gaguin in seiner Verskunst, Paris 1498.

17.

›Deutschland, welches die neue Kunst erfunden,
Nichts hat nützlicher uns geschenkt die Vorzeit,
Bücher hast Du gelehrt durch Drucken schreiben.‹
Philippus Beroaldus in seinem Gedicht an Deutschland
Bologna 1499.

Auch aus dem 16. Jahrhundert ist eine Reihe ähnlicher
Äusserungen in Reim und Prosa bekannt. So preisen u. A.
Deutschland als Heimat der Erfindung: Heinrich Bebel, Pforz-
heim 1504, der Holländer Petrus Montanus 1504 und 1515,
Jakob Wimpfeling aus Schlettstadt 1507, und der Niederländer
Johannes Murmellius 1508.

Ebenso einstimmig und uneingeschränkt erkennen die
frühesten Zeugnisse M a i n z als die Wiege der Buchdruckerkunst an. Abgesehen von der Schlussschrift in Gutenbergs
Katholikon, die allein schon als urkundlicher Beweis dafür
genügen würde, und den Schlussschriften Fust-Schöffer'scher
und Schöffer'scher Druckwerke aus den Jahren 1472 1492,
seien hier die folgenden Stimmen verzeichnet:

I.

›Wenn die Buchdruckerkunst zuerst auch M a i n z hat gestaltet,
Zog sie doch tief aus dem Grund Basel zur Höhe hinan.

◄€ PH ₹»

Willst Du Namen, so waren es Michel mit Beinamen Wenzler, Friedrich Biel als Genoss stand ihm bei an dem Werk.‹

Anonymes Epigramm am Rande der Briefe des Gasparinus von Pergamo in der Baseler Ausgabe, um 1475.

2.

›Die überaus scharfsinnige Buchdruckerkunst — etwas in früheren Jahrhunderten Unerhörtes — wird in diesen Zeitläuften in der Stadt M a i n z erfunden. Das ist die Kunst der Künste, die Wissenschaft der Wissenschaften. . . .‹

In Werner Rolevinck's von Laar ›Fasciculus temporum‹ (Abriss der Zeiten), Köln 1481.

3.

›Ungefähr um diese Zeit (um 1455) wurde die Druckkunst zuerst in M a i n z in Deutschland erfunden. Inzwischen ist die Kunst an vielen Orten der Welt verbreitet und Bücher sind viel billiger und in grosser Zahl durch diese Kunst zu haben.‹

William Caxton in seiner Fortsetzung des Poly-Chronikon von Ran. Higden, London 1482.

4.

›. . . . Weil aber der Ursprung dieser Kunst in diesem unserem goldenen M a i n z (um es beim rechten Namen zu nennen) durch des Himmels Gnade an's Licht getreten ist, und noch heute in ihm beständig und am meisten ausgebildet und verbessert wird, so ist es nur recht und billig, dass der Ruhm der Kunst von uns ungeschmälert gewahrt werde.‹

Erzbischof Berthold in seinem Censur-Mandat vom 4. Januar 1486.

5.

›Zwar bringt die Geschäftigkeit der in unseren Tagen zu M a i n z erfundenen Buchdruckerkunst täglich viele Bände an's Licht; aber uns Alles anzueignen, ist durchaus nicht möglich, da wir noch jetzt von der grössten Armut bedrückt werden.‹

Johannes Trithemius in seinen Predigten und Mahnungen an die Mönche, Strassburg 1486.

6.

›M a i n z ist die Erfinderin der Buchdruckerkunst.‹
Bischof Johann Pzosowski, Krakau 1487.

7.

›Im Jahre des Herrn 1450 wurde die Buchdruckerkunst in Deutschland zuerst aufgebracht von einem M a i n z e r Bürger in eben der Stadt. Wohl kaum hätte in der Welt eine andere Kunst des Menschen mehr würdig, des Lobes mehr wert sein können, keine in Wahrheit nützlicher oder hehreren Ursprungs. .‹

Felix Faber (Schmid), Dominikaner, in seiner ›Historia Suevorum‹, Ulm 1489.

8.

› . . . Gerade in unseren Tagen ist jene für die Christenheit so überaus nützliche Kunst erfunden worden, während die Welt schon ihrem Greisenalter entgegengeht, und zwar in der Stadt M a i n z um das Jahr der Fleischwerdung des Herrn 1440, oder ein wenig früher oder später.‹

Peter Waynknecht, Augustiner, zu Sagan in Schlesien 1489.

9.

›Es endigt hier der Gesundheitsgarten, den Jakob Meydenbach, ein Bürger von Mainz, mit aller Sorgfalt gesammelt und

ausgearbeitet, dann mit deutlicher Schrift und auf eigene Kosten
so übersichtlich wie möglich gedruckt hat. . . . Gedruckt ist es
(das Werk) aber in der berühmten Stadt M a i n z, die von den
Alten das goldene genannt wurde und von den Magiern, d. h.
den Weisen, gegründet worden sein soll: in derselben ehr-
würdigen Stadt wurde auch die überaus feinsinnige Kunst und
Wissenschaft, Bücher in Erz zu schneiden oder zu drucken zuerst erfunden. . . .‹

Jakob Meydenbach, in der Schlussschrift des ›Hortus
sanitatis‹, Mainz 23. Juni 1491.

10.

›Die Buchdruckerkunst ist in diesen Zeiten zuerst in Deutschland aufgekommen. Wie viel daher die Freunde der Wissenschaften den Deutschen verdanken, kann durch keinerlei Lobrede
genugsam ausgedrückt werden. Die Buchdruckerkunst soll aber
zu M a i n z, einer Stadt am Rhein, im Jahre 1440 mit genialem
Scharfsinn erfunden worden sein. . . .‹

Dr. Hartmann Schedel, im Buch der Chroniken, Nürnberg 1493.

11.

›In unserem Zeitalter ist die Buchdruckerkunst in der edeln
Stadt M a i n z erfunden worden.‹

Der Domprediger Wimpfeling zu Speyer, in seiner ›Oratio
querulosa‹ gedruckt zu Delft in Holland vor 1495.

12.

›Die Buchdruckerkunst wurde zu dieser Zeit von M a i n z
in die Welt verbreitet. . . .‹

Chroniken von England zum Jahre 1457, London 1497.

13.

›Gedruckt durch Johann von Winterburg, nicht fern von den Ufern des Rheins und der Stadt M a i n z, der Erfinderin und Mutter der Buchdruckerkunst. Glück auf!‹

Schlussschrift, Wien 1497.

14.

›Die Buchdruckerkunst ward erfunden zu M a i n z anno 1440, aber darnach kam sie überall in viele Städte während der Jahre (14) 60, 63, 68. . . .‹

Chronik der Landen van Overmaas, Beek bei Mastricht (15. Jahrhundert).

15.

›Zu dieser Zeit wurde die Buchdruckerkunst in der Stadt M a i n z erfunden. . . .‹

Nicolas Gilles ($\div$ 1503) in den ›Annales de France‹ zum Jahre 1458, Paris 1498.

16.

›Um das Jahr unseres Herrn 1440, unter der Regierung Friedrich III., entwickelte sich in der deutschen Stadt M a i n z zuerst die Kunst, Bücher durch den Druck mit zinnernen Lettern herzustellen; eine Erfindung, deren Feinheit und deren Nutzen vielleicht für sich allein gross genug ist, um den deutschen Geist über die fremden Nationen zu erheben. . . .‹

Johannes Vergehans (Nauclerus), in der Chronographia, Tübingen 1500.

Im 16. Jahrhundert nannten gleichfalls hervorragende Personen Mainz die Geburtsstadt der Typographie. Es seien hier erwähnt: Conrad Celtes von Schweinfurt, Nürnberg (1502),

Robert Fabian, Englische Chronik (1504), Johann Trithem (1506, 1507 und 1508), Michel Eysenhard (1517), Ulrich von Hutten (1519), Ulrich Hugwald Mutz (1539), Robert Aldrydge (1540) u. s. w.

Aber nicht nur galten Deutschland als die Heimat und Mainz als die Wiege der Typographie, wie vorstehend nachgewiesen wurde, sondern die Zeitgenossen Gutenbergs und deren unmittelbare Nachfolger erkannten auch diesen fast ausnahmslos als den alleinigen Erfinder an.

Dafür sprechen u. a. die folgenden Zeugnisse, von welchen das älteste, von Oberbibliothekar Dr. L. Sieber zu Basel im Jahre 1883 aufgefundene, als vornehmstes Beweisstück hier die Reihe im Auszug (und aus dem Lateinischen übersetzt) eröffnet:

1.

»... Den humanistischen Studien hat eine neue Art Buchhändler grossen Glanz verliehen, welche seit unserem Gedenken (gleich wie einst das trojanische Pferd) Deutschland nach allen Seiten ausgeschüttet hat. Dort, erzählt man nämlich, nicht weit von der Stadt Mainz sei ein gewisser Johannes, mit dem Beinamen G u t e n b e r g, gewesen, der als der erste von allen die Buchdruckerkunst ausgedacht habe, wodurch nicht mit dem Rohre (wie die Alten thaten), auch nicht mit der Feder, (wie wir jetzt thun), sondern mit aus Erz gegossenen Buchstaben die Bücher hergestellt werden, und zwar ganz rasch, glatt und schön. Fürwahr, dieser Mann war würdig, dass ihn alle Musen, alle Künste und alle Zungen Derer, die sich an Büchern erfreuen, mit göttlichen Lobsprüchen ehren und ihn den Göttern und Göttinnen desto mehr vorziehen, je näher und gegenwärtiger er den Wissenschaften und den studierenden Leuten seine Unterstützung geliehen hat. Denn wenn Liber und die ernährende

Ceres vergöttert werden, jener, weil er die Gaben des Bacchus erfunden und die Becher des Acheloos mit den gefundenen Trauben gemischt, diese, weil sie die Eichel Chaoniens mit der fetten Aehre vertauscht und (um einen anderen Dichter zu gebrauchen) weil Ceres zuerst mit gekrümmtem Pfluge die Erdschollen auseinander riss, und zuerst Früchte und liebliche Nahrung der Erde gab, so hat jener G u t e n b e r g weit Angenehmeres und Göttlicheres erfunden. Er hat nämlich derart Buchstaben ausgefeilt, dass man mit denselben Alles, was man sagen und denken kann, ganz bald schreiben, abschreiben und dem Gedächtnis der Nachwelt überliefern kann. . . ‹

Aus dem gedruckten Briefe des Dr. theol. Wilhelm Fichet in Paris (1433—1478) an Robert Gaguin vom 1. Januar 1472.

2.

›Jakob, mit dem Beinamen G u t e n b e r g , aus Strassburg und ein zweiter mit dem Namen Fust, beide geschickt, Buchstaben auf Papier mit metallenen Lettern zu drucken, werden in der deutschen Stadt Mainz dadurch bekannt, dass sie jeder täglich 300 Bogen herstellen. Auch in Strassburg, einer Stadt desselben Landstrichs, erregt ein gewisser Johann Mentel, der in der gleichen Kunst erfahren ist, dadurch Aufsehen, dass er ebensoviele Bogen im Tage druckt.‹

Johann Philipp de Lignamine in der ›Chronik der Päpste und Kaiser‹ zum Jahre 1458, Rom 1474.

3.

›Wieviel die Freunde der Wissenschaften den Deutschen verdanken, lässt sich in keiner Weise genügend ausdrücken. Denn die Buchdruckerkunst, die von dem Ritter Johann G u t e n b e r g zum Jungen in Mainz am Rhein 1440 mit emsigem Geist erfunden wurde, ist jetzt fast in allen Erdteilen ausgebreitet.

Hierdurch ist das ganze Altertum jetzt um wenig Geld zugäng-
lich und kann von den Nachgeborenen in zahllosen Bänden
gelesen werden.«

Matteo Palmerio aus Pisa in der »Chronik des Eusebius«
zum Jahre 1457, Venedig 1483.

4.

»Die Kunst des Buchdrucks ist in diesen Zeiten in Deutschland zuerst erstanden. Einige sagen sie sei von Gutenberg
aus Strassburg erfunden, andere meinen von einem gewissen
Fust, andere wieder behaupten von Nikolaus Jenson. Durch
diese Kunst sollen unzählige Schriftsteller zu Reichtum gelangt
sein, und gewiss hätte keine andere in der Welt löblicher und
nützlicher sein können, oder göttlicher und heiliger. Zu ihrem
Preis hat einer der Unsrigen folgende Verse gedichtet:
O beglückende Kunst, denkwürdig unseren Zeiten,
Hat doch, der dich erfand, jegliche Sprache verschönt.
Gleichsam verschollen war Alles, was über den Erdkreis du giessest,
Jetzt, für weniges Geld, ist bald ein Jeder gelehrt.
Mögen d'rum Alle dich mit dem herrlichsten Lobspruche schmücken,
Durch dessen Leitung die Kunst wunderbar sinnig erstand.«

Jakob Philipp (Foresta) aus Bergamo in der Ergänzung der
»Chronik des Eusebius« zum Jahre 1459, Venedig 1483 und 1486.

5.

»In diesem Jahre wurde die jeglicher Gelehrsamkeit nutzbringende Kunst Bücher zu drucken durch Gutember(g),
einen Deutschen, erfunden.«

In der »Chronica Bossiana« zum Jahre]1457, Mailand 1492.

6.

»Jede Leistung der mechanischen Kunst, nicht nur der
neueren, sondern auch der alten, hat der Erfolg übertroffen,

den Cutemberg (= Gutenberg) aus Strassburg in der Schrift dadurch erreichte, dass er zuerst die Buchdruckerkunst erfand. Nicht nur hat er gelehrt, an einem Tage mehr Bücher durch den Druck zu vervielfältigen, wie sonst in einem Jahre durch die Feder, sondern er war auch die Ursache, dass durch vermehrte Gelegenheit, Bücher zu lesen, die Wissenschaft der freien Künste, die im Absterben begriffen war, wie aus dem Orkus emporgestiegen schien. Es hat wohl der unsterbliche Gott jenem Manne solche Kunstfertigkeit eingeflösst, gleichsam aus Mitleid, dass die Werke so vieler Gelehrsamkeit nicht in Folge der Schwierigkeit des Abschreibens zu Grunde gingen. Durch diese Buchdruckerkunst also, kann man nicht mit Unrecht sagen, sind die berühmtesten Schriftsteller, wenn sie auch lange vorher existierten, doch im Jahre des Heils 1440 wieder geboren worden.«

Baptista Fulgosus, Doge von Genua, um 1494. Mailand 1508.

7.

»Adam Wernhers von Themar Lobgedicht auf Johannes Gensfleisch, den ersten Buchdrucker:«

»Gänsfleisch, die wachsame Gans übertrafst Du, welche die Römer
Durch ihr Geschnatter gemahnt: Gallier sind in der Stadt!«
Jene beschützte die Burg, Du aber bist Konsul dem Erdkreis,
Welcher nicht leugnet, zu sein glücklicher durch Deine Kunst.
Wenn zum Vergleiche man schaut mit dem was Minerva erfunden,
Deine Erfindung, dann färbt sich die Wange vor Scham.
Gleiches auch gilt von den Schöpfern der vielbewunderten Werke,
Deren die frühere Zeit oft sich so prahlend gerühmt.
Von seinem Gipfel der Kunst der verherrlichte Dädalus weiche,
Gleichwie ein Jeder, der mehr als einst Alkimedon war,
Sisyphus' Schlauheit verkriecht sich vor Dir, der berühmte Apelles,

Wie auch Parrhasius reicht willig den Kranz Dir des Ruhms.
Keiner hat Gleiches erzeugt, war auch Gestalten zu bilden,
Lebensvoll, wunderbar treu, jeder von ihnen geschickt.
Wie ist es wertvoll von Dir, die erzenen Formen zu schnitzen,
Welche so schleunig gedruckt, mögen verbreiten die Schrift!
Darum auch sollte Dein Mainz, wenn's könnte, vor anderen Orten
Zollen Dir würdigen Dank, da Du's doch selber bewohnt,
Und das germanische Land, im Besitze von zahlreichen Bänden,
Ehret Dich, weil man es nennt glücklich ob Deines Genie's.
Selber Italien, welches von uns hat erbettelt das Drucken,
Eifert Dir nach und bekennt, ewig Dir dankbar zu sein.
Siehe und freue Dich, wie Deine Kunst in unzähligen Städten
Glühend betrieben wird, Du, den man als Urheber preist.
Lebe und lebe wohl, Gänsfleisch! Latiums Prahlerei schaue,
Trauernd, dass es fürwahr solch' einen Mann nicht gezeugt.«

Professor Adam Wernher aus Themar an der Werra,
Heidelberg 29. November 1494, in einer (1800) veröffentlichten
Handschrift der Abtei Seligenstadt.

8.

»An Johann Gänsfleisch, den ersten Erfinder der Buchdruckerkunst. Lobgedicht von Johann Herbst aus Lauterburg:«

Schaut es auf diese Erfindung, schätzt sich Germanien glücklich,
Preist Dich ob Deines Genie's, Gänsfleisch, Du ruhmvoller Mann!
Staunend, dass Bücher entstehen, ohne die Feder geschrieben,
Traun! wie wird dieses erklärt? Zeichnest den Geist durch die Kunst!
Weinland, vom Main und zugleich von den Fluten des Rheines
                                        bewässert,
Brachtest Du, mein' ich, zur Welt einen gar köstlichen Stein;
Eine erlesene Gans, aber voll von dem trefflichen Fleische,
Dessen im frohen Genuss nährt sich ein jeglicher Mensch.

Durch die Erfindung errangst Du'die Palme, das leugnet wohl Keiner,
Und was Germaniens Geist wert ist, wird jetzt offenbar.
Du, unseres Volkes bewundertes Kleinod, (möge auch neidisch
Eifern Italien nach) lebe, o lebe Du wohl!«

Professor Johann Herbst aus Lauterburg, Heidelberg 3.
Dezember 1494, in der gleichen Handschrift wie vorher (bei No. 7).

9.

»An den glücklichen Erfinder der Buchdruckerkunst.
Dem besten höchsten Gott Geweihtes.

Dem Johann Gensfleisch, Erfinder der Buchdruckerkunst, der sich um alle Völker und Sprachen höchst verdient
gemacht hat, setzte zu seines Namens Unsterblichkeit (dieses
Denkmal) Adam Gelthus. Seine Gebeine ruhen friedlich in
der Kirche des heiligen Franziskus zu Mainz.«

Abgedruckt in der Gedächtnisschrift auf den Heidelberger
Rektor Marsilius von Inghen, Mainz 1499.

10.

Lobgedicht an denselben.

»Glücklicher Gänsfleisch, durch Dich wurde Germanien glücklich
Jegliches Land in der Welt zollet ihm Ehre und Lob!
Denn zu Mainz in der Stadt, vom heiligen Geiste erleuchtet,
Drucktest, Johannes, zuerst eherne Buchstaben Du!
Vieles die Religion und vieles die griechische Weisheit,
Viel die lateinische Welt schuldet an Dankbarkeit Dir!«

Professor Jakob Wimpfeling aus Schlettstadt, in der vorher
(No. 9) genannten Gedächtnisschrift. 1499.

11.

»Diese hochwürdige Kunst ist zu allererst in Deutschland
zu Mainz am Rhein erfunden worden ... Und im Jahre 1450

begann man zu drucken, und das erste Buch, welches gedruckt
wurde, war die lateinische Bibel und sie ward mit einer groben
(= grossen) Schrift gedruckt, wie man jetzt Messbücher druckt . .
Der erste Erfinder der Druckerei war ein Mainzer Bürger, geboren zu Strassburg und er hiess Junker Johann Gudenburch.
Von Mainz ist die Kunst zu allererst nach Köln gekommen,
dann nach Strassburg und darnach nach Venedig. Diesen Beginn und Fortgang der Kunst hat mir mündlich erzählt der
ehrsame Mann, Meister Ulrich Zell von Hanau, Buchdrucker
zu Köln noch derzeit anno 1499, durch den die Kunst nach
Köln gekommen ist. . . .‹

Chronik der Stadt Cöln, 1499.

12.

›Johann Gutenberg aus Mainz, der zuerst erfand mit
ehernen Buchstaben zu drucken und sich durch diese Kunst
um die ganze Welt Verdienste erworben, hat Ivo Wittig diesen
Denkstein gesetzt 1508.‹

Nach Serrarius war dieser Stein im ›Hof zum Gutenberg‹
an der inneren Mauer unter der Dachtraufe angebracht. Da
der Rektor Ivo Wittig aber am 4. Dezember 1507 bereits gestorben ist, muss die Jahreszahl 1508 der obigen Inschrift ein
Druckfehler sein und dafür entweder 1503, 1504 oder 1507
angenommen werden.

13.

›. . . Diese deutsche Erfindung (des Buchdrucks) war von Anfang an, wie sich's gehörte, ein Gegenstand grosser Bewunderung
und nicht weniger grossen Gewinnes. Der Urheber der herrlichen
Erfindung ist Johann Gutenberg, ein Mann von ritterlichem
Range, und zu Mainz ist die Sache zuerst versucht worden.‹

M. A. Coccius in der Universal-Geschichte Buch 6,
Venedig 1504.

14.

»Solches Werk . . . das in der löblichen Stadt Mainz angefertigt und gedruckt ist, wolle Eure Königliche Majestät gnädiglich aufnehmen, in welcher Stadt auch anfänglich die wunderbare Buchdruckerkunst und (zwar) zuerst von dem kunstreichen Johann Gutenberg, als man zählte nach Christi unseres Herrn Geburt Tausendvierhundert und fünfzig Jahre, erfunden . . . ist worden. Darum dieselbe Stadt nicht allein von der deutschen Nation, sondern auch von der ganzen Welt auf ewige Zeiten (als wohl verdient) gepriesen und gelobt sollte werden, und die Bürger und Einwohner daselbst dessen billig geniessen.«

Widmung an den Kaiser Maximilian I. in der bei Johann Schöffer gedruckten Uebersetzung eines Teiles der römischen Geschichten des Livius. Mainz 1505.

Von sonstigen Mitteilungen über Gutenberg aus dem ersten Jahrhundert nach seiner Erfindung sind noch hervorzuheben:

15.

»Zu diesen Zeiten wurde die Kunst, Bücher mit Buchstaben zu drucken, zuerst erfunden in der Stadt Mainz durch einen Bürger, welcher Johann Gutenberg hiess, und welcher, nachdem er sein ganzes Vermögen wegen der grossen Schwierigkeit der Erfindung auf deren Ausbildung verwendet hatte, mit dem Rate und der Hilfe guter Männer, Johann Fust und Anderer, das angefangene Werk vollendete. . . .«

Abt Johann Trithemius in der handschriftlichen Chronik von Spanheim zum Jahre 1450.

16.

»Die beinahe göttliche Kunst, mit gegossenen Buchstaben Bücher zu drucken, wurde in den Mauern der alten Stadt Mainz zur Zeit Friedrich III. 1450 erfunden. Da entfloss dem berühmten Johann Gutenberg, gleichwie einem lebendigen Strome, das Werk. Man sagt, dass die Stadt Strassburg ihn von seiner Kindheit an in ihrem Schosse ernährt habe, aber Mainz spendete ihm, allen seinen Bürgern, erfreuliche Gaben. Dort begann er die Erstlinge seines Wirkens zu bilden, hier aber brachte er das Werk der Kunst zur Reife u. s. w.‹

Aus dem lateinischen Lobgedicht des Mainzer Korrektors Johannes Arnoldi Bergellanus (aus Bürgel), Mainz 1541.

Aus diesen ältesten (und unverwerflichen) Zeugnissen erhellt in seltener Uebereinstimmung, dass Gutenberg, der nie sich öffentlich, weder als Erfinder noch als Drucker, nannte, dennoch von den gelehrten Zeitgenossen seines Jahrhunderts als der Urheber der Typographie ausdrücklich bezeichnet worden ist. Sie alle konnten, wenn nicht von dem Meister selbst, so doch von seinen ihn überlebenden Druckgehilfen, genau unterrichtet sein und daher aus erster Quelle schöpfen, gegen ihre erdrückende Beweiskraft bleibt jeder Versuch, an Gutenbergs Stelle einen Anderen als Erfinder zu setzen, erfolglos. Dennoch wurde nicht nur von holländischer, italienischer, böhmischer, französischer und deutscher Seite im Lauf späterer Jahrhunderte dieser stets misslungene Versuch unternommen, und etwa 16 Städten, ausser Strassburg und Mainz, und einem Dutzend Personen neben Gutenberg, die Ehre der Erfindung vorübergehend zugesprochen, sogar die Peter Schöffer'sche Buchdrucker-Familie verschwieg (die angeführte Livius-Stelle ausgenommen) den Namen Gutenbergs, um dessen Ruhm ihrem Gründer zuzuwenden.

Nur in Bezug auf die Namensschreibung und den Geburtsort des Erfinders, sowie besonders das Erfindungsjahr betreffend, enthalten einige der obigen Nachrichten verschiedene Angaben, so dass seither irrtümlich das Jahr 1440, statt 1450 oder später, als Geburtsjahr der Typographie galt und gefeiert wurde. Das erste Jubelfest wurde im Jahre 1540 am 24. Juni in Wittenberg von Luthers Buchdrucker Hans Lufft und dessen Genossen mit ihren Freunden gefeiert. Es war dazu Gutenbergs Namenstag, der Johannistag, gewählt worden. Als die älteste Säkularschrift darf das bereits genannte Lobgedicht des Johannes Arnoldi aus dem Jahre 1541 betrachtet werden.

Die zweite Säkularfeier fand, am gleichen Tage, 1640 schon in ausgedehnterem Umfange statt. Besonders beteiligten sich daran die Buchdrucker von Leipzig, Jena und Breslau. An anderen Orten, wie in Strassburg, veranlasste der dreissigjährige Krieg eine Verlegung des Jubelfestes auf andere Tage. Festschriften erschienen in Breslau, Dresden, Halle, Hamburg, Leipzig und Strassburg. Das dritte Jubeljahr, 1740, erregte allgemeine Teilnahme in den meisten grösseren Städten Deutschlands und der Schweiz, und der Johannistag, verlief unter zahlreichen Festlichkeiten. An mehreren Orten wurden Programme, Gedichte und Festschriften — zusammen etwa 200 — gedruckt, deutsche und lateinische Reden und Predigten, sowie feierliche Umzüge gehalten. Auch gelangten damals viele silberne und kupferne Denkmünzen zur Ausgabe, so in Breslau, Erfurt, Göttingen, Gotha, Leipzig, Nürnberg (4) und Regensburg. Lokaler Verhältnisse wegen verschoben einzelne Städte die Feier des angenommenen Geburtstages der Erfindung auf einen anderen Tag oder Monat.

Im Jahre 1798 beschloss eine Versammlung von Astronomen die Erfindung der Typographie durch ein neues Emblem der Himmelskarte einzuverleiben.

Am 6. April 1804 beschloss eine Gesellschaft in Mainz, unter französischer Herrschaft und auf Anregung des Präfekten Jeanbon St. André, ein Medaille von 240 Francs Goldwert für die beste Lobrede auf Gutenberg auszusetzen, sowie ferner seinem Andenken ein Monument in Mainz aus Beiträgen zu errichten, welche ganz Europa liefern sollte.

Napoleon I. verordnete am 1. Oktober 1804 die Anlage eines grossen Gutenberg-Platzes in der Nähe der Mainzer Dompropstei. Keines dieser drei Projekte kam in seiner ursprünglichen Form zur Ausführung.

Im Jahre 1814 regte der Neapolitaner Gio. Batt. Micheletti die Aufstellung ein Monumentes für Gutenberg an, indem er schrieb: ›Nicht allein Deutschland, nicht allein Europa, sondern die ganze Welt muss zusammenwirken, Gutenberg ein Denkmal der Dankbarkeit zu errichten.‹ Aber erst die Haarlemer Jubelfeier und Ehrung Kosters im Jahre 1823 brachte die Angelegenheit in Schwung. Die Mainzer Kasino-Gesellschaft gab ihrem neu eingerichteten Hause in der Schustergasse seinen ursprünglichen Namen ›Hof zum Gutenberg‹ wieder, und liess am 4. Oktober 1824 in die Gartenmauer eine schwarze Marmortafel einsetzen mit der Inschrift: ›Dem Erfinder der Buchdruckerkunst, dem Wohlthäter der Menschheit, Johann Gensfleisch zum Gutenberg weihet diesen Denkstein auf der Stelle seines Hauses, das ihm den unsterblichen Namen gab, die darin vereinigte Gesellschaft seiner dankbaren Mitbürger am 4. Oktober 1824.‹ Drei Jahre später wurde im Hofe des Kasinos ein von der Gesellschaft und dem Kunstverein gestiftetes Standbild Gutenbergs aus Sandstein von dem Mainzer Bildhauer Joseph Scholl aufgestellt. Die lateinische Inschrift auf dem Piedestal, verfasst nach der Inschrift, welche im nämlichen Gebäude einst Ivo Wittig (1503 oder 1504) hatte anbringen lassen, lautet deutsch:

›Dem Johann Gensfleisch, genannt Gutenberg, Mainzer Patrizier, der zuerst erfand mit ehernen Buchstaben zu drucken und sich durch diese Kunst um die ganze Welt Verdienste erworben, haben zum unvergänglichen Andenken an seinen Namen der Kunstverein in Mainz und die Eigentümer des Gutenberger Hofes dieses Denkmal gesetzt am 4. Oktober 1827.‹

Auf der Rückseite stehen die Verse:

›Was einst Pallas Athene dem griechischen Forscher verhüllte,
Fand der denkende Fleiss Deines Gebornen, o Mainz!
Völker sprechen zu Völkern, sie tauschen die Schätze des Wissens;
Mütterlich sorgsam bewahrt, mehrt sie die göttliche Kunst;
Sterblich war einst der Ruhm, sie gab ihm unendliche Dauer,
Trägt ihn von Pole zu Pol; lockend durch Thaten zur That;
Nimmer verdunkelt der Trug die ewige Sonne der Wahrheit,
Schirmend schwebt ihr die Kunst, Wolken verscheuchend voran,
Wand'rer, hier segne den Edlen, dem so viel Grosses gelungen,
Jedes nützliche Werk ist ihm ein Denkmal des Ruhms.‹

Diese Statue befindet sich jetzt im neuen Gutenberg-Kasino auf der grossen Bleiche.

Am 29. Januar 1825 erhielt der ehemalige ›Hof zum Gensfleisch‹ in der Emmeranstrasse (seit 1804 der Familie Lauteren zugehörig) ebenfalls eine Gedenktafel. Dieselbe ist unter dem Thorbogen an der Mauer angebracht und trägt die Inschrift:

›Hof zum Gensfleisch, Stammhaus des Erfinders der Buchdruckerkunst Johann Gensfleisch zum Gutenberg, worin er im Jahre 1398 (!) geboren ward. Christian Lauteren weihet auf der Stelle des alten Hauses diesen Denkstein dem unsterblichen Erfinder am 29. Januar 1825.‹

Ebenso ist im früheren ›Hof zum Jungen,‹ dem jetzigen Brauhause zum Gutenberg an der Stadthausstrasse, ein Denkstein seit 13. April 1828 vorhanden. Er ist in der Hofmauer angebracht und trägt folgende Widmung:

>Hof zum Jungen, erstes Druckhaus des Johann Gensfleisch zum Gutenberg vom Jahre 1443 bis 1450; in Verbindung mit Johann Fust und Peter Schöffer von Gernsheim bis zum Jahre 1455. Carl Barth weihet diesen Denkstein dem unsterblichen Erfinder und den Verbreitern der Buchdruckerkunst am 13. April 1828.‹

Auf historische Richtigkeit haben die inschriftlichen Daten der Geburt und der Druckzeit des Erfinders keinen Anspruch.

Einige Jahre darauf, im Februar 1832, erging von Mainz ›an die gebildete Welt‹ in deutscher, französischer und englischer Sprache ein ›Aufruf, um das herannahende Säkularfest der Buchdruckerkunst durch Errichtung eines Monumentes zu Ehren ihres Erfinders Johann Gensfleisch zum Gutenberg würdig zu feiern.‹

In Folge dieses Aufrufs gingen 18,621 Gulden ein, darunter aus Mainz allein 10,382 Gulden, und Thorwaldsen in Rom übernahm umsonst die Modellierung des Standbildes, welches hierauf von Crozatier zu Paris in Erz gegossen wurde. Nachdem am 8. Juli 1837 der Grundstein zu dem Denkmal in Mainz gelegt worden war, fand dessen feierliche Enthüllung auf dem Gutenbergsplatze daselbst am 14. August 1837 unter grossartigen Festlichkeiten statt. Das Erzbild zeigt den Erfinder in aufrechter Stellung, in der Linken die Bibel, in der herabhängenden Rechten eine Anzahl Typen haltend. Die lateinische Inschrift auf der Vorderseite des Sockels lautet auf deutsch:

›Johann Gensfleisch zum Gutenberg, dem Mainzer Patrizier, haben seine Mitbürger, aus Beiträgen von ganz Europa, dieses Denkmal errichtet im Jahre 1837,‹ und auf der Rückseite heisst es (in Uebersetzung):

›Die Kunst, welche den Griechen verborgen, verborgen den Römern,
Hat der findige Geist eines Germanen erdacht.
Jetzt, was immer die Alten gewusst und die Neueren wissen,
Wissen sie nicht nur durch sich, sondern durch jegliches Volk.‹

Thorwaldsen's Gutenberg-Statue in Mainz.

Die Basreliefs stellen den Meister dar, wie er dem er-
staunten Fust eine Type zeigt (Seite 88), sowie beim Lesen eines
fertigen Bogens, während ein Gehilfe druckt (Seite 47). Eine
Statuette Gutenbergs nach Thorwaldsen hat Beyerhaus in Berlin
und eine andere, unter Rauchs Leitung, G. Bläser zu Braunschweig modelliert. Ausserdem erschien 1837 eine Gutenberg-
Denkmünze, unter Thorwaldsens Aufsicht zu Rom von Lorenz
geprägt, in Gold, Silber, Neugold und Bronze, und eine zweite,
von J. J. Neuss in Augsburg, in Silber und Bronze.

Ein Jahr nach der Denkmals-Enthüllung fand in Mainz
die erste Erinnerungsfeier an diesen Weiheakt statt, und bei
dieser denkwürdigen Gelegenheit, am 15. August 1838, wurde
auch die Taufe eines neuen Rheindampfers auf den Namen
›Gutenberg‹ durch den Bischof von Mainz vollzogen.

Auch Strassburg besitzt einen Gutenbergs-Platz und auf
demselben seit dem 24. Juni 1840 ein von David d'Angers
modelliertes, von Soyez und Ingé zu Paris gegossenes, Erzbild
des Erfinders. Gutenberg ist in aufrechter Haltung dargestellt;
auf dem Blatt in seinen Händen steht in französischer Sprache
das Bibelwort: ›Und es ward Licht.‹ Unten am Sockel sind
Europa, Asien, Afrika und Amerika durch figurenreiche Reliefs
versinnbildlicht. Ferner befand sich vor 1830 über der Thüre
der Heitz'schen Buchdruckerei in Strassburg ein Brustbild
Gutenbergs aus Bronze. Als dritte Stadt, welche ein monu-
mentales Gutenberg-Denkmal aufweist, ist Frankfurt am Main
zu nennen. Dasselbe wurde nach dem Entwurf von Thorwaldsens
Schüler, Eduard Schmidt von der Launitz, im Jahre 1857 auf
dem Rossmarkt als Brunnengruppe errichtet. Es besteht aus
den Kolossalfiguren von Gutenberg, Fust und Schöffer, den
Standbildern der alten Buchdrucker-Städte Mainz, Strassburg,
Venedig und Frankfurt, sowie den sitzenden Statuen der Theo-

Gutenberg-Statue von Ernst Paul in Dresden.

logie, Poesie, Naturwissenschaft und Industrie. Von in neuerer
Zeit entstandenen Statuen des Erfinders verdient die hervorragend
schöne Gutenberg-Statue, 1883–1884 von dem Bildhauer Ernst
Paul in Dresden modelliert, eine besondere Erwähnung.

Die vierte Säkularfeier ward 1840 nicht nur an zahlreichen
Orten Deutschlands, sondern auch in Christiania, Kopenhagen,
Paris und Stockholm, glanzvoll und würdig begangen. Auch
diesmal wieder erschienen viele Festschriften und Denkmünzen
zur Ehrung des grossen Mainzers und seiner Erfindung. Von
letzteren wurden Stücke geprägt in Augsburg, Bamberg, Basel,
Berlin, Köln, Leipzig, Strassburg, Stuttgart und Wolfenbüttel,
und aus der Menge der gedruckten Säkularerinnerungen sei das
›Gutenbergs-Album‹, herausgegeben von Dr. Heinrich Meyer
in Braunschweig, hervorgehoben. Dieses ebenso originelle
wie wertvolle Album enthält u. a. Gedichte, Lobsprüche und
sonstige Beiträge zur Verherrlichung Gutenbergs in 46 verschiedenen Sprachen und 26 Schriftproben fast aller Zeiten und
Völker der Erde. Eine kleinere aber sinnige Gutenberg-Feier
veranstaltete der Verschönerungsverein zu Eltville im Jahre 1885
bei Errichtung des Denkmals an der dortigen Frühmesserei, in
der sich die alte Druckerei soll befunden haben. Dasselbe ist von
dem Architekten Goldmann und dem Bildhauer Leonhardt hergestellt und zeigt Gutenbergs steinerne Büste nach dem Mainzer
Standbild und darunter eine Gedenktafel mit der Aufschrift:

›Hier druckten Schüler Gutenbergs unter Anleitung und
mit den Schriften des unsterblichen Erfinders der Buckdrucker-
kunst 1467.‹

Die jüngsten Gutenberg-Feiern fanden in Mainz am 14.
August 1887 und am 22. und 24. Juni 1890 statt und verliefen
in würdigster Weise. Erstere galt dem 50. Jahrestage der Errichtung des Mainzer Gutenberg-Denkmals und veranlasste die

von den vereinigten Mainzer Buchdruckern und Buchhändlern
herausgegebenen »Gedenkblätter« mit Beiträgen einheimischer
Schriftsteller, letztere wurde als 450jähriges Jubiläum der Er-
findung auch in Strassburg öffentlich begangen. Alle diese
Festlichkeiten hatten die Entstehung der verschiedenartigsten
Erinnerungszeichen zur Folge. So erhielt 1840 eine von dem
Frankfurter Naturforscher Rüppel im Jahre 1832 in Abessinien
gefundene vielästige Pflanze den Namen Gutenbergia zu Ehren
des Erfinders der Typographie, und so entstanden, im gleichen
Jahre und zum gleichen Zwecke, auch Akte der Wohlthätigkeit,
wie die Sammlung eines Fonds zum Besten alter und schwacher
Buchdrucker in Berlin, und die vom Verein für Kunst und
Literatur in Mainz ausgehende Einladung zur Gründung einer
»Gutenberg-Stiftung für alte und arbeitsunfähige Buchdrucker-
und Schriftgiesser-Gehülfen.« Aber auch ohne festliche Ver-
anlassung erschienen fortdauernd auf den Gebieten der Wissen-
schaft, Kunst und Poesie den Erfinder und sein Werk preisende
Huldigungen. Von den grösseren Fachschriften seien hier nur
genannt: Johann David Köhler's »Hochverdiente . . . Ehren-
Rettung Johann Guttenbergs . . .« Leipzig 1741, Schaab's drei-
bändige »Geschichte der Erfindung der Buchdruckerkunst durch
Johann Gensfleisch genannt Gutenberg . . .« Mainz 1830 31,
Wetter's einbändige »Kritische Geschichte der Erfindung der
Buchdruckerkunst durch Johann Gutenberg . . .« Mainz 1836,
und von der Linde's »Geschichte der Erfindung der Buch-
druckerkunst« in drei Bänden, Berlin 1886.

Musikalisch verherrlicht ward Gutenberg u. a. durch ein
Tedeum des Komponisten Neukomm, das grosse Löwe'sche
Oratorium »Gutenberg« Mainz 1837, die Oper »Guttenberg«
von J. C. Fuchs, Wien 1870, und den »Gutenberg-Hymnus« von
Paul Schumacher, Mainz 1887.

Gutenberg-Bilder existieren in ziemlicher Anzahl. Ausser dem schon (Seite 45) erwähnten, vermutlich ältesten, Porträt des Meisters giebt es noch sechs verschiedene alte Porträts von Gutenberg, von denen sich zwei, Holzschnitte des 16./17. Jahrhunderts, in der Pariser Nationalbibliothek befinden. Gruppenbilder sind: »Gutenberg in seiner Werkstatt« von Eugène Ernest Hillemacher in Paris (Kupferstich, London 1863); »Gutenberg zeigt Fust die ersten Druckbogen«, Originalzeichnung von Leo Reiffenstein in Wien (Gartenlaube 1881) und das grosse Oelgemälde »Gutenbergs erster Druck« von Karl Friedrich Reichert († 1881, Dresden) in der Mainzer Gallerie. Ein Kolossalgemälde »Gutenberg« von Eduard von Heuss († 1880 Mainz) besitzt seit 1896 die Frankfurter Stadtbibliothek.

Johann Gutenberg. Von Julius 1896. Nach Lacroix. (Pariser Nationalbibliothek.)

Aus der stattlichen Reihe dichterischer Erzeugnisse dieses Jahrhunderts, die Gutenberg betreffen, und unter welchen die lyrischen Gedichte allein mehrere Bände füllen würden, mögen hier nur einige grössere Schriften verzeichnet sein. Es sind:

Paul Stein's kulturhistorischer Roman »Johann Gutenberg« (3 Bände, Leipzig 1861), die Novelle »Meister Gutenberg's Tod« von Franz Dingelstedt (Werke Bd. 3, Berlin 1877) und das Epos »Johann Gutenberg« von Adolf Stern (2. Aufl. Dresden 1889), sowie die vier Theaterstücke, welche zur Darstellung auf die Bühne gelangt sind, nämlich: das Original-

Schauspiel in 3 Abteilungen ›Johannes Gutenberg‹ von Charlotte Birch-Pfeiffer (Berlin 1840), ›Gutenberg, Drame en cinq actes en vers par Ed. Fournier‹ (Paris 1869), das historische Drama in 3 Akten ›Gutenberg‹ von dem Verfasser dieser Schrift (Mainz 1883), und das Drama in 5 Akten ›Gutenberg‹ von Rudolf von Gottschall (Leipzig 1893). Aber auch aussereuropäische Dichter und Denker huldigten bis in die neuere Zeit dem unsterblichen Erfinder, den der Perser Mirza Muharem in Susa also preist:

›Durch Dich, o Gutenberg, Bürger von Mainz, blühen die Wissenschaften und reden die Divane grosser Geister sinnreich zu jedem Alter und Stande. Durch die Kraft Deines göttlichen Geistes entzündete sich das Wissen, breitete es sich allenthalben aus und durchdringt mit wolthätigem Lichte Alles von der niedrigsten Hütte bis zum Goldpalaste.

Nicht allein ist's Frankistan (Europa), das Dich mit Lorbeeren des Beifalls kränzet, Asien auch, in welchem die Kunst jetzt erst keimt, giebt Dir Gewinde seines Lobes und schreibt Deinen Namen mit Goldbuchstaben an in dem Palaste von Tschapur‹. (1840.)

So wirkt die Buchdruckerkunst, ›das höchste und letzte Geschenk‹, wie Luther sie genannt, befruchtend auf alle andern Künste, und wenn Gutenberg heute die Weltverbreitung seiner Erfindung und damit seinen Ruhm gewahren könnte, hätte er ein Recht mit stolzer Genugtuung von sich zu sagen, was Goethe seinen Faust sagen lässt:

>›Es kann die Spur von meinen Erdetagen
>Nicht in Aeonen untergeh'n.‹

Verlag von Emil Roth in Giessen.

HESSENS FÜRSTENFRAUEN
von der heiligen Elisabeth bis zur Gegenwart
in ihrem Leben und Wirken dargestellt von
ALFRED BÖRCKEL,
Bibliothekar an der Mainzer Stadtbibliothek.

Die Widmung des Werkes ist von Ihrer Königlichen Hoheit der Grossherzogin Viktoria Melita, Gemahlin Seiner Königlichen Hoheit des Grossherzogs Ernst Ludwig von Hessen und bei Rhein, huldvollst angenommen worden.

Mit 16 Porträts und zahlreichen Vignetten.

Gross-Oktav-Format. XII und 152 Seiten. Preis geheftet Mk. 3, gebunden Mk. 4.

FÜRSTEN-AUSGABE, Folio-Format, mit 16 Original-Photographien, in Gold-, Rot- und Schwarzdruck, in Prachtband Mk. 20.

INHALTS-VERZEICHNIS.

Dieses Werk, künstlerisch hochfein ausgestattet, inhaltlich interessant und fesselnd, wird allen Freunden der hessischen Stammesgeschichte, wie den Verehrern des hessischen Fürstenhauses besonderes Vergnügen bereiten.

Weitere Schriften von Alfred Börckel.

—

Vom Rhein! Gedichte. Mainz 1878. Mk. 2.

Inko. Dramatisches Gedicht in 5 Akten. Mainz 1880. Mk. 1.20.

*Frauenlob. Sein Leben und Dichten. 2. Aufl. Mainz 1881. Mk. 2.25.

*Die fürstlichen Minnesänger. Ihr Leben und ihre Werke.
Mainz 1882. Mk. 3.50.

Gutenberg. Historisches Drama in 3 Akten. Mainz 1883. Mk. 1.—

Strandlieder. Mainz 1885. Mk. 1.—

Der Philosoph von Sanssouci. Schauspiel in 5 Akten. 2. Aufl.
Mainz 1886. Mk. 1.20.

*Arnold Walpod. Historische Dichtung. Mainz 1887. Mk. 1.50.

*Mainzer Geschichtsbilder. Skizzen denkwürdiger Personen und Er-
eignisse von 1816 bis zur Gegenwart. Mainz 1890. Mk. 6.--

*Historisches Festspiel in 4 Bildern zum Jubiläum des 118. Regiments.
2. Aufl. Mainz 1891. Mk. 1.20.

*Adam Lux, ein Opfer der Schreckenszeit. Mainz 1892. Mk. 1.—

Mein Liederbuch. Gedichte. Mainz 1894. Mk. 1.50.

* Mit Titelbild oder illustriert.